青岛拾遗

陈习文·著

山西出版传媒集团

山西人民出版社

往事如烟

——长歌当哭忆双亲

一. 我的家世

我的家庭世居山西省平陆县东部边陲，东临垣曲县一个名叫七泉的山村，东临垣曲县五福涧村，西北、东北分别与夏县西北庄和东北庄毗邻。古属平陆县管辖。关村常居人丁近千口，是平陆县城北东门一个最大村。因村里读书人多，地灵人杰，且出过不少文化名人，因而，间有"文明村"之美称。

作者手迹

20 世纪 60 年代陈俊(左)同内弟段玉麟于临汾合影

1961 年 9 月 10 日在原中共晋南地委党校任教时的陈俊（后排左一）

在原中共晋南地委党校任党委委员时的陈俊（后排右一）

在原中共晋南地委党校任党委委员及哲学教研室主任时的陈俊（前排右一）

1962 年 5 月在原中共晋南地委党校任教时的陈俊（后排中）

1962 年 8 月在原中共晋南地委党校任党委委员及哲学教研室主任时的陈俊(中排右二)

1963 年 4 月 22 日，在中共山西省委党校学习时的陈俊（前排左二）

1965 年 7 月率领地委党校社教分团在临汾金殿公社社教时的陈俊（前排左二）

1967 年随同地委党校同志赴大寨参观时的陈俊（后排左二）

作者与夫人杨氏(于 2013 年 10 月)

序　言

　　本书所披露的其中两篇是沉痛的记忆，都是纪实性的。文中所涉及的人物、事件，都是笔者亲身经历，或亲耳所闻，个别消息，是从平陆三区"五·二六"事件后所印的《简报》上看到的。只因年代久远，笔者当时年龄又小，对事物的分辨能力也十分幼稚，误听、误记或漏记现象势所难免，即使有偏颇或失误，也请读者见谅。总之，为了还原所记人物之精神面貌，丰满其形象，对某些事件略加渲染，或适当增删，也是有的。不过，文章能将半个世纪前所发生的事件梗概，挂一漏万地奉献给后辈，除了以正视听，更期望不忘先驱们的革命精神，不可因在错误的年代，所造成的悲剧冤案，而对逝者予以曲解为幸。

　　文中所附的几篇碑文，其内容与前文大同小异，只不过体裁有别罢了。

　　书中所及两篇"山村轶闻"皆系七泉村和西北庄两村所发生，说是"轶闻"其实皆有原型可本。

陈习文

2014 年 3 月

目　录

2

往事如烟

——长歌当哭忆双亲

一、我的家世

我的家庭世居山西省平陆县东部边陲。东临垣曲县五福涧,西北、东北分别与夏县西北庄和东北庄毗邻,古属平陆县第三区管辖,名曰七泉村。主村常居人丁近千口,是平陆县城出东门的一个最大村庄。因村里读书人多,人杰地灵,出过不少文化名人,因而向有"文明村"之美称。

我家高祖复兴公,生于道光五年(1825年),寿享48岁。系单传。

复兴公生有四男二女。四男:曰宗圣,宗器,宗图,宗堂。二女从略。

曾祖宗圣公,是我先祖海宴公之父。生于道光二十五年(1845年),寿享42岁,卒于光绪十二年(1886年)。生一子曰海宴。

先祖父海宴公,生于同治二年(1863年)。在同辈兄弟中,排行居长。甚至比其四叔父宗堂尚长4岁。单传。终身务农,至古稀而不辍。

祖父海宴公,共娶妻两房。长房段氏,合卺四十无出。

为继陈门香火,祖父又续娶夏县南上坪村刘氏夫人。刘氏中年嫠妇,改适陈门时尚带一女。于宣统元年(1909年)又生一女;民国元年(1912年)竟生一男,曰神安。是我父亲的兄长。

从此以后,刘氏好多年不曾生养。不料想,相隔六年后,即民国八年(1919年)农历三月二十四日,又喜添一男,曰喜安,是我的先考公。

此时,刘氏已年届四秩,祖父已五秩晋五,家道殷实,用度无忧。

我的父亲,出生时为民国八年(1919年)三月二十四日。那天深夜,陈家院内,彻夜灯火通明,人声不息,直至次日清晨,方传出消息,海宴公二夫人刘氏喜产一男婴。继而,陈家一门,前庭后院喜讯遍传。合族老小无不欢欣雀跃。左邻右舍,女眷们摩肩接踵争先抢睹婴儿风采。看过以后,各个交口称赞婴儿贵相福泰。

晌午,陈家堂屋门上束了一把谷草,并系一条红布。这是告诫外人,家中有"坐月子"的。一月之内,生杂人员礼应避忌。

婴儿出生第三天,陈家大门额上又出现一面小红旗。这是宣示主家,婴儿弥月,高朋盛友前来道贺随礼、吃喜酒。

倏而,四月二十三日,婴儿弥月(男婴弥月,比女婴提

3

前一天)。一清早,陈家阖府好不忙碌。洒扫庭除,排席备宴,静候恭迎亲友芳邻。辰牌(7时—9时)时分,贺喜随礼的贵客,陆续临门。提篮的、捧酒的、拿炮仗的,应有尽有。女眷们大多夹着花布包袱。

庭院主房正面墙上,悬挂陈氏祖宗神主画轴。神主前摆一张长桌,上置诸多果品献供。东西厢房间系一条长绳,搭满了红红绿绿各色花布。绳下两张条桌,红色台布铺罩,上面堆积来客的礼品,有鸡蛋、猪肉、羊肉以及多样油炸果食。东西高空各悬一长幅布幛,其长九尺,一律取九阳吉数。东边一幅上,剪贴着斗方楷书"弄璋之喜";西边一幅则是"富寿绵长"。其余短小条幅,无非是"喜添麟童"、"喜得贵子"等等。不过这些短小条幅,均未合九阳吉数,而是取"六六大顺"之吉,各长六尺。

一通炮仗响过,大院香雾弥漫中,段氏夫人相伴刘氏夫人怀抱婴儿步下正屋前三级石阶,来到庭院。先是众女眷一拥上前,争睹婴儿。在一片赞颂声中,男客们也接踵而往。顿时,品评鹊起,有夸孩子白净,也有夸孩子福相。七嘴八舌,不一而足。

西北庄段氏娘舅,手捧一把"富贵长命"锁,银光耀眼,精巧绝伦,亲手套在婴儿颈项;南上坪刘氏舅家,捧上的是一柄翠绿翡翠"玉麒麟",上镌小篆"永言吉祥"四字,玲珑剔透,巧夺天工。刘家娘舅接过小外甥,亲手套在婴儿颈项。又外加一双银手镯,小巧纤细,制作精良,戴在婴儿小手上。

接下来,该给孩子取名字。众客们各抒心怀,一阵热议过后,最终采纳南上坪刘舅意见——名"喜安",昵称"喜娃"而拍案敲定,意取"喜庆、平安"之意。既符合族谱同辈"安"字字派,又连乃兄"神安"名字。众客无不交口称妙。

午牌(11时—13时),众客入席开宴。女客们被安置在堂屋;男客则一律坐在庭院。酒菜上齐,客人推杯交盏热闹非凡。人不算多,但猜枚行令、觞行酬劝之声,倒也喜盈庭院。把一个陈家大院,闹腾得红火了一整天。直至申末酉初,众客才陆续散去。

婴儿刚过弥月的第二天,大儿子神安,自大门外蹦进院里,嘴里直嚷:"门外有一讨吃的瞎子。"段氏妈妈出门,见是个算命先生,先生左手举着竹竿,上挂一帘白布招儿,还写着字。段氏虽不认识字,不过她认定是算命先生。刘氏夫人听说有算命的,就让段氏领其进院,要他看看婴儿喜娃的命相如何。

先生问过喜娃生辰八字,刘氏报以"己未年三月二十四日亥时"。先生伸出右手,揣摸了一会婴儿骨相,便拇指掐中指来回掐了几遍,又将孩子两手反复揣摸足有一袋烟工夫,终于开口说话:"己未,是天上火,乃野草之羊。孩子一生，立性方正，聪颖拔萃，温良恭谦，善与人交，但柔弱有余，阳刚欠足。至于为人处世，心地和善，乖巧机敏，功名显达。日生，财帛满盈，夜生，衣食中平。只是这三月生人难免……"先生再也不肯明言。

刘氏忙追问："请先生直言，难免什么？"

先生一味搪塞，还是不肯明言，甚至旁顾而言他。终究拗不过刘氏夫人再三追问，先生只说："孩子生得天庭饱满，应该衣禄无忧，只是少年有磨难，中年多坎坷，至于晚年，恕在下无能，实难推算了。"

刘氏心里忐忑不安，还想恳求先生指明，看有无避忌之法。先生连连摇头说："命由天定，非人力可以更动！"

刘氏只好给了卦金，又赏了先生一顿饭，打发得先生喜喜欢欢地出门去了。

我的父亲喜安，有个大他 7 岁的兄长神安，还有两个同母姐姐。虽说父亲不是段氏亲生，可是，全家大小，都对父亲昵亲非常。因我父亲生得白白净净，且又聪敏机灵，念书勤奋，特别招人喜爱。见了年长的，"叔"、"婶"直呼，遇到平辈的，"哥"、"姐"连称，就是邻人见到，谁都想抱抱亲亲。

父亲生在板荡年代，尽管国民不幸，但陈家产业还算殷实。有土地 50 多亩，房屋 30 多间，占有两合庭院。常年雇有一个长工。衣食无忧，日子也算滋润，在贫瘠的山区，

6

够得上殷实之家了。

海宴公年近六旬,却不辍劳作,勤于稼穑,终年守着一群山羊,四野放牧。尤其暮年又添麟儿,更是对其喜爱有加。两位夫人,无分亲疏,总是抢着喂养、争着搂抱喜娃。父亲天生纯孝,对两位母亲,不分彼此,一样亲昵,一样孝奉。

父亲7岁,进学就读。启蒙读物,就是《三字经》。"黄香温席"、"王祥卧冰"、"丁兰刻母"等,凡是先生讲过的奉亲掌故,他都耳熟能详,铭记不忘。先生是位老学究,说起二十四孝,总是滔滔不绝,讲得声色并茂。先生本就至孝,身体力行。父亲耳濡目染,受其影响颇深。所以,对父母孝顺、对长者谦恭,深得人们加爱,也就理所当然了。在校勤奋攻读,课余时间常常跟着老父亲海宴公上山放牧,手不离书,口诵心惟,朝斯夕斯。放羊时,他总让老父歇着,自己跑前跑后来回赶羊。

白天上完课,晚上在家,温故习新,勤于课业。夜深了,两个妈妈厮守陪伴。灯干了,再添油,困乏了,冷水浇浇头,反正,先生讲过的书,不背个滚瓜烂熟,决不罢休。每当考试,常常名列前茅。先生称赞他勤奋,亲朋夸奖其聪明。然而这聪明和勤奋背后,隐藏着几多苦卓,却只有两个母亲心知肚明。

民国二十年(1931年),我父亲13岁,便和我的母亲成婚。我母亲段氏,比父亲年长两岁。他们两个都还是未谙世事的孩提,被封建社会过早地"捆绑"成夫妻,对于陈家来说,与其说是娶个媳妇,毋宁说又添个闺女。然而,他们正是我的父亲、母亲。

我的母亲段氏,讳春朵,幼出夏县西北庄首富豪门。外祖父段宗汉,有两房妻室。长房杨氏生四女两男。我的母亲生于民国六年即 1917 年 5 月 29 日,在弟妹中排行居长,其余依次为玉贞(小名冉冉)、九朵、玉昆、玉林、英珍(小名玉铎)。至于二房胡氏,则终身无出。

陈俊夫人段氏于 1959 年 9 月 3 日留影于临汾

封建社会,重男轻女。尽管外祖父家资丰盈,且知书达理,却不曾供给三个女儿念一天书,只有排行四、五的两个男孩念书。六女英珍最小,赶在民国末年才念了几天小学。至于我母亲从未接受过文化教育,形势逼迫,倒成了个典型的家庭主妇,练就了一手勤俭持家的本领,在以后的半生生涯中,勇挑家庭重担,不失为我父亲的贤内助。

我父亲和母亲少年成婚，两个尚在年少的顽童，未谙世事就被包办结为连理，可是我年迈的爷爷奶奶，却觉得家庭充盈欢乐，既添了生气，更添了希望，了却了老年人的一桩心事。

孰料，天有不测风云，人有旦夕祸患。人生不如意事常有八九。当我父母亲尚未欣享天伦时，灾难骤然地降落在他们的头上。

民国二十一年，我父亲仅 14 岁。这年农历六月初三，我的爷爷撒手人寰，且尸骨无存。

这天上午，爷爷赶着羊群在村北后沟放牧，上天骤降暴雨。爷爷明知河沟避雨是一大禁忌，可是爷爷为了顾及其他羊工，极力吆喝同牧伙伴赶羊上坡。年青的羊工们，个个腿脚麻利，人赶羊群很快撤离河沟。我爷爷只迟行了一步，一股迅雷贯耳的山洪冲来，将他逼退到一处狭窄的孤岛上，难以脱身。倏而，滔天洪峰漫沟盖地，我不曾谋面的爷爷，就这样被山洪吞没，离世时刚满古稀。

直到初四，山洪才退去。陈氏合族及亲朋好友，都聚集七泉村，沿七泉小河两岸搜寻爷爷尸体，终日无果。初五、初六两日，几乎动用了全村青壮年人力，一直沿祁家河河沟，寻找到 20 华里开外的黄河岸边，仍然杳无踪迹。贴出悬赏告示，亦无回应。无奈之下，让银匠打造一尊银像，充作爷爷遗骸，埋葬了事。

此年乃 1932 年。大伯神安,年 20 岁,却不会理家。爸爸年 14 岁,还在念小学。爷爷一殁,陈家犹如船值中流而樯倾楫折,撇下两个孀居奶奶,领着一家大小,苦撑基业。生计之艰就不言而喻了。

这也许就应了算命先生的口实,是父亲少年第一难吧!

二、天性笃孝

我父亲，经受了丧父之痛，学习尤加刻苦。小学上满，结业，便去距七泉村 40 华里开外的平陆县三区下涧村上高小。我的母亲，帮着两个婆婆操劳家务，还一面供给我父亲读书。民国二十五年（1936 年）丙子，农历十一月初二，妈妈生下了我。两个婆婆见有长孙临宅，心头欢悦，顿时扫去了脸上积年的阴霾，精神焕发许多。

爷爷的猝然去世，对两个奶奶刺激过甚。尤其大奶奶段氏，简直变得同以往判若两人，心境变态异常，总是无事找茬地谩骂不休。而且每每拿刘氏奶奶当撒气筒，还动辄厮打。几乎每天晚上都得大骂一场，从无休止。我的母亲对她们拉劝不开，吓得抱紧我，母子直哭。全家大小，谁都不得安宁。我父亲虽然至孝，面对两个妈妈，劝谁都不听，只能暗自饮泣。

有天深夜，两个奶奶又干仗了。起因是大奶奶神经失控、睡梦呓语，还歇斯底里地指名道姓谩骂二奶奶。二奶奶当然不受，两人便挑灯夜战。一个抓头发，一个揪耳朵，互不相让。我父亲在外，叫不开门，便长跪门前放声大哭。

两个奶奶骂到天亮，听不到哭声了。下炕开门，大吃一惊——亲眼看见她们疼爱的儿子，竟然在冰冷的砖地上长跪了大半夜。她俩虽说相视如仇寇，却都心痛儿子。从此以后，大奶奶寻衅滋事，二奶奶便一忍再忍，吵闹的次数便大大减少。况且，每当两个奶奶吵闹过后，父亲总要我母亲为两个婆婆做两碗面条，打两荷包蛋。父亲亲自端到她们跟前。起初，她们负气，谁也不肯接碗，我父亲便跪到她们俩跟前，亲眼看着她俩接碗、用饭，才肯起来。刘氏奶奶精明大度，她爱怜儿子的孝顺，总是首先开口说话，段氏奶奶也就就坡下驴，云开雾散。

从此以后，只要两个奶奶吵闹，我父亲就长跪门前相劝。她们都心痛儿子，抽开门闩，熄火罢战。渐渐，吵闹次数几乎降低为零。

家庭矛盾缓和了，两位奶奶理应同心协力教子弄孙，庶几求个晚年安详。不幸的是天不假年，家难接踵，从1936年到1939年，只三年时间，大奶奶撒手，二奶奶也相继去了。我父亲不能继续就读。念完高小，又读了两年初中便辍学了。

三、登选村长

　　两个奶奶相继去世，陈家门户凋零。父亲的大姐二姐，相继出嫁，都有自个光景。大姐适杨家窑杨景娃，二姐适庙坪文清源。至于兄嫂，早已另起炉灶。年届 20 岁的我父亲和母亲一家三口，度日就更艰难了。

　　民国二十七年（1938 年）母亲新添我大妹以后，再也无力支撑父亲学业，父亲只好中途辍学，回村任教小学。

　　1941 年，日军侵占夏县城已达 4 年，正在虎视眈眈地觊觎占领中条山。

　　旧社会，断文识字人寥若晨星。我的父亲尽管只有初中文化水平，在当时乡村里，也的确成为凤毛麟角。总为他自幼聪明睿智，品节详明，故小小年纪却素孚人望，闻达乡里。在学校深受学生尊敬，在乡村颇得百姓仰慕。因此，不知谁人传出："陈先生非同一般：平常人看书，目过一行，陈先生竟能目过多行。"直到 20 世纪 40 年代，我稍更事，还听到过这些传言。我曾怀疑地试读文章——目过两行犹不可能，就更遑论多行了。始知此言论乃为讹传。但从另一角度看，说明父亲年纪轻轻，在村人心目中如此声誉，诚非偶然了。

1941年农历正月，父亲20岁出头，受七泉村全民推举，以压倒多数的票势，登选为七泉村最年轻的一位村长。

当时的七泉村，迥非20世纪50年代后的七泉村可比。七泉村一直为行政主村，辖管着寺沟、关家沟、侯家山、杨家山，一直延伸到黄河岸边，与河南省鸡犬相闻。人口不满两千，地域却比现在大出好几倍。偌大一个行政村庄，交给一名未涉世事的小青年，如此重负，能担得起吗？

据说，我父亲还干得挺好，成立了新的村公所班子，团结了几名耆老，整饬村风，颁布村约，遏制赌博、盗窃歪风邪气，村上很快呈现出一派崭新气象。

至于为上级纳粮缴款，摊赋税征徭役，总因当时国民政府腐败无能，通过村公所派遣，亦为必然。不过我父亲上任村长为时不满百日，据老年人回忆说，本届的村公所从未做过层层加码的克剥百姓之事。

究竟村长干得好坏，百姓自有公论。好在父亲上任仅仅只昙花一现，日军铁蹄踏上中条山，我父亲不肯替日伪当差，是年4月，便携家南渡了。

我父亲干村长，倏忽一闪，不足百日。一则年纪太轻，再则为时极短。即使能干什么坏事，一没时间二没空间。可是，这一点，在后来历次运动中，也成为我父亲历史上一大污点。

四、逃亡岁月

1941 年农历四月二十三日，倭寇铁蹄踏上中条山，倏而，盘踞祁家河，占领七泉村，杀人放火，奸淫掳掠，滥施淫威。村民不堪蹂躏，纷纷逃入山林顾命。我的父亲，挈妇将雏，随灾民人流，在草莽恶林中岩栖穴藏了十多天，野食果腹，饥饿煎熬，即使青壮年都忍受不了，更别说老弱病残。有一天，本就体弱多病的我，因几日不得饮水，竟昏死过去，一个时辰不得苏醒。母亲哭泣着，将"死"去的我搁置在石板上，悲痛难抑、不忍舍弃。二姨眼含热泪将我抱起，旁边不少村人看着已经"死"去的孩子，都劝姨姨放弃，姨姨终未撒手。这时，父亲从很远的山沟里，捧了半碗夜雨积水，给我灌了下去。好一会儿，我似乎缓过气来，终于不曾毙命沟壑。

我当时身体瘦弱不堪，4 岁半，还和我大妹分吃娘奶。村人都以为这样的孩子，能捡命回村绝无可能。殊不知，我体弱却命大，1943 年我们全家由河南返回七泉村时，村上不少人见到我，都吃惊地问我母亲："这是你险些抛置沟壑的孩子吗？"看来，我的确是从阎罗殿前打了个来回。

再说父亲、母亲领着我们全家，随众多灾民，在凄风苦雨的山林中躲藏十多天。闻听村上顽伪汉奸正在热搞维持，遍搜百姓回村。我父亲忖度，那些狗娘狼父的日倭杂种，气焰正盛，一时半会不可能死绝，便毅然决定渡河南徙，绝不替日军去卖命，祸害乡民。

中条山难民多如蜂蚁，喧哗骚动地拥挤于大河岸边一处叫宝山的渡口，仅靠几户船民，盈尺小舟人工摆渡。每船仅容十几个人，日倭还在北岸枪弹追射。千拥万挤了两天两夜，我家总算在九死一生中渡过黄河，徒步几十里，落脚在河南渑池县北山地面。

陇海沿线，难民拥挤已达饱和。每天都有饿殍可见。国民政府在渑池县小洋河设置舍饭场，终因粥少僧多，人们难以苟延。往往为了一口维命稀粥，挤抢夺打而毙命者屡见不鲜。国民政府安排百姓向西疏散。我家跟随疏散大流历尽日机空炸之险，是年7月，被分发到豫西边陲阌乡县（现已并入灵宝县）阌底镇寺疙瘩村落脚。和本村杨元水、交泉村张文安，同住一合杂院，总算求得暂时安身。

随我父母一同南逃的，还有我二姨段玉贞（小名冉冉）。二姨年龄不足20岁，因婚姻不幸，她索性弃家，随附我的父母渡河南逃。我家连我二姨，合计五口人，便挤住在一所三间斗室里。虽说难以转身，但总能遮风避雨。

16

被分配到各村的灾民,得有专人协理生活事宜,这个人须经众难民推举产生,称为"难民代表"。我父亲有文化,又当过几天村长,还当过教书先生,品节令人信赖。平陆、夏县邻近各村难民又一致推举我父亲当了"难民代表"。

说起这个难民代表,是个有职无权的空衔。其职责是向当地村上保长交涉难民衣、食、住、行等一应琐事。从保长手里领来救灾粮食,分发给难民们。

给难民们分发粮食,并非易事。每人按月供给少得可怜仅够延命的粮食。保长一秤发足,代表按人头分称分发。难民们个个乌眼鸡似地盯紧秤星,谁都唯恐少得到一两顾命口粮。我父亲身为代表,又年轻,涉世微浅,面对乡邻亲友,都是衣衫褴褛的饥民,实在难忍恻隐之心。即便给每户做到公平分发,往往秤杆撅起一丁点,分发到底,粮食总短好几斤,我家只好吃哑巴亏。妈妈怄气、嘟囔,姨姨也撅嘴巴,父亲只能暗自忍受。

此事发生过几次,保长知道了。保长姓李,是位老者,倒也正直。他看出我父亲为人正派,非狡诈之徒。此后再分发粮食,保长让代表直接从粮库分发。这一来,我父亲放手大胆地干,敢给难民称足,也敢照应孤寡了。当了两年难民代表,深得众人推崇。

夏县西北庄村段金才的儿子段立安年仅4岁,因身为难民,寺疙瘩村的人们竟忘其尊号,直呼他为"难民娃"。1942 年春，一天"难民娃"在村巷玩耍，有一王姓财主家长工赶骡送粪，长工一鞭甩去，惊得牲口沿街狂奔，"难民娃"不曾逃离，脱缰牲口将"难民娃"踢出丈把远。孩子连痛带吓，滚在路边，好大一会儿哭不出声来。长工看也未看，扬长而过。"难民娃"的父母，抱起孩子，找到东家哭诉，希望讨个说法。不料，王财主竟强词夺理地说孩子不该在街巷玩耍。见段金才两口纠缠不走，欺他是河北难民，便放狗将"难民娃"的母亲李福娥左腿咬了个大窟窿。

身为难民代表的我父亲，一听便义愤填膺。亲自到王家门上讨说法。王财主不肯承担责任，还是一味狡辩，反把责任推得干干净净。我父亲索性找上保长。保长年纪大了，也碍于王家势力，不好出面强行。我父亲本来天性懦弱，这一次却真动了肝火。义愤填膺，便借来笔墨纸张，将事情本末写成诉状，径直递到阎底镇镇公所，并蹲在镇公所门前，要求镇公所当局迅速答复。当时，国民党尽管腐败，但对难民生计问题尚能顾及。迫于难民代表的压力，镇公所唯恐事态扩大，便下了一道指令，着寺疙瘩村保长李某照文行事。

我父亲将指令捧到李保长面前，李保长不曾怠慢。他不敢小瞧这位年纪轻轻却识字断文的难民代表，便遵照镇上意见，直冲王家院内，责令王家负责治好"难民娃"母子伤损，并着其赔偿段金才家精神损失费五斗小麦。再给

18

"难民娃"添一身新衣服,还令其对段金才家赔礼道歉,保证今后不再有类似事件发生。

在阌乡居住二年,众难民们除讨饭贴补粮食不足之外,主要还得靠打工挣点补给。男人出门做杂役,女眷们专靠给人家纺纱织布维持生计。

当时女人们给主家纺一斤棉纱,可得五升小麦,折合秋粮,即为一斗。

我母亲和二姨玉贞,日夜不息地给一家财主纺纱,每个人大概三天三夜可纺一斤皮棉。

有一次,二姨接了张财东家二斤皮棉,整整忙碌七八个日夜才勉强纺完。她多了个心眼——怀疑皮棉超重。便悄无声息地借了杆秤,将纺好的纱团称了一下,还超重三两。这消息一传开,难民中像炸了锅似的。纺纱女工们都另外称了各自纺的纱。凡是张财东家棉纱,都超出不等斤两。大家又结伙,找我父亲代表处理。我父亲不敢怠慢,立即反映给李保长,到张财东家查秤。张财东本想狡辩要赖,可是在事实面前吞吞吐吐。慑于难民代表的威严,深恐事态扩大,闹到镇公所就麻烦了。张财东还算识相,当着李保长和难民代表的面,道歉认错。我父亲要拿走他的秤,他吓得立即砸坏秤杆,保证绝不再干此等缺德的事。对女人们纺纱的工钱,挨家补赔才算了事。难民代表总算为难民们出了口气。

1942 年 10 月，我父亲和同院难民杨元水，去阕底镇赶集。走到去村 5 华里的华山脚下峡谷深涧，遇上两名刀客，持枪拿刀，将他二人身上的几块大洋抢劫一空，竟然又扒光他们的衣裤，甚至连鞋袜也不留下，只给留一件遮体单衣，二人总算保命逃回寺疙瘩村。

事隔数月，腊尽春回。我父亲到阕底镇赶集，忽然，在熙熙攘攘的人流中，瞥见一个闲汉穿的是杨元水被刀客剥去的棉衣。父亲认准无误，不曾惊动对方，马上报告镇公所。镇公所官员，认识我父亲是寺疙瘩村难民代表，立即派保安队将刀客抓获。刀客百般抵赖，但在铁的事实面前，无可逃遁。经一番吊打，终得交代了同伙。不过他们也系穷苦游民，家资不丰。只着其赔偿所抢钱物及棉衣，别无追索。镇公所将刀客们关押，我父亲又为地方平安，做了一点实绩。

五、沦为亡国奴

我家在阌乡县避难两年，有不少难民们迫于生计维艰，陆续西迁，走陕西的，去甘肃的，奔新疆的。我们在寺疙瘩村同院的杨元水、张文安，两家便逃亡陕西麟游山觅生了。

1943 年春，我的母亲怀上了我二妹。二姨投靠避难在 5 华里开外的庄头村我的外祖父去了。我们一家四口，生活日艰。虽说月有救济粮发放，但毕竟杯水车薪，仅能缓解燃眉。两年来，一直是野菜和根煮，鹑衣挡寒暑，苟延岁月。客居异乡，终非长久之计。是年 5 月，父亲只得携家北渡，重返故里。

背井离乡二年，一家人回归七泉村。山河依旧，村庄仍然，只是被那惨无人道的东洋倭贼践踏得满目疮痍。原本清平的农家村舍，如今成了倭鬼猖獗的魑魅世界。跨进我家宅院，更是破败不堪入目。门户敞开着，家里箱倒柜横，不是被砸坏，便是刀枪戳毁。至于粮食，想找一粒已成妄想。楼上荆条囤里半囤秕糠犹存，挖下来筛去鼠粪，拌上野菜权可充饥。尽管苦涩得令人作呕，却比石粉填肚要

21

好得多。

　　我的父亲看着我满脸愁云的母亲说："甭愁！咱家尚有两棵榆树,剥了皮,总可对付些时日。"母亲似乎觉得有些指望,眉目稍有舒展。

　　母亲满怀希望,挺着大肚子,领着我和妹妹去剥榆树皮。万没想到,距两棵大榆树约百米之遥时,一眼瞥见,两棵早已被饥民剥光的光杆树身,连一寸树皮也不曾剩下,只有孤寂瑟缩的两具"木乃伊"了。

　　我父亲虽说回归故里了,不知为什么,他总是日伏夜出,有时竟不时地往来于黄河两岸,从未在家待过三天两日。多年以后,从他的历史自传中获知,早在平陆下涧上中学时,就已秘密加入中国共产党,返乡后,一直在寻找党组织,寻找抗日团体,以便投身抗日活动。日伪则三天两头到我家要人,我母亲只能婉言搪塞。我父亲一直干着革命工作,只是工作机密,不能告诉人,甚至连我母亲也被瞒着。日伪虽然抓捕他,但也没什么有力的实据,所以一直未被抓走。

　　1943 年冬季,是百姓们最艰难的岁月。尤其我家,南逃两年,骤然回村,家里实在无隔夜之粮。农历九月重阳节那天,母亲又新添我的二妹,也顾不得风寒冷冻。寒冬腊月,无青菜可寻,就拾干枯的杏叶、柿子叶,挖干刺蓟、干苦菊,和村民们一样,用棉籽、玉米芯塞肚皮,甚至连皮绳都烧焦下咽了。

好不容易,挨到翌年开春,饥民们等不得野菜发芽,便挖菜根果腹。树上,只有柳枝发芽早,可是柳芽有毒,不能吃。人们也顾不得这些,往往因柳叶中毒者比比皆是。那些面黄肌瘦的灾民们,个个凹陷两眼,仰天长啸:"日本鬼子什么时候才能败走,让我们过上个平稳日子呢?"

在河南两年的难民生活,尽管凄苦,但不支差、不纳粮,尚有安全感。然而,背井离乡,终非长久之计。难民们日思夜盼,魂牵梦萦地想回故乡,殊不知回到故乡,反而由难民沦为"亡国奴"了。

在日军铁蹄下延命,与十八层地狱没有两样,灾民们漫山遍野觅食果腹,还得应对无休无止的苛捐和徭役。

我父亲因为寻找失去联系的党组织,常日不敢抵家,日伪则不给我家发"良民证",我家便遭到日伪百般刁难。

"良民证",虽说不是什么正经玩意儿,却起着"户籍证"的作用。但是,支差、抓苦役,却不管这些。没"良民证"照样得支差。

日伪时期,将食盐控制得极严。食盐是人们生活中不可或缺的东西。百姓们常年得不到食盐的补给而吃甜饭,日伪们往往以几两食盐要挟百姓为其支差。

有一次,日伪抓苦役到祁家坡村分水岭上修公路,我仅仅 7 岁,也被拉去。母亲有吃奶的孩子,不能领我前往,托付一个邻居王陈氏老妇照应我,徒步十多里,只希望干一天活领回一点食盐,好拌糠吃菜。

我跟着邻居老妇,随同众多苦役人流,被汉奸张云确看押着,在祁家坡村给日伪修公路。忍饥挨渴地累了一整天,日落下工。又随着人流,赶到庙坪村日伪据点领取食盐。

在一个一尺见方的窗口前,足足站了几百号人眼巴巴地等候发盐。我随同邻居王陈氏,好不容易挤到发盐窗口跟前。日伪说我家没有"良民证",不准领盐。我只好空着两手,哭回七泉村。现在想起来,并不奇怪:"这就是亡国奴!"

修路回来,第二天,日伪要村维持会往祁家河"皇部"送烧柴。村上便指定拆我堂伯院外一座西房。另一座是王换娃家院外的南房。

日伪们,搞建设外行,搞破坏却无不"内行"。

就说拆房。把苦役们逼上房顶,将屋脊屋坡上的砖瓦,通通堆集于前后檐边。然后,人站到脊顶,用斧头砍断连接贯椽的木棒。"呼啦啦"一阵巨响,尘埃飞扬过后,好端端一座大瓦房,顷刻间就坍塌得徒剩四壁了。日伪汉奸关西刚逼着苦役们,抬扛木料送往日伪据点。整个村庄的房屋,除了放火烧毁,其余,都是被这样强拆的。

房上的瓦是不要的。墙上的砖,拆下来,还得送往距七泉村 5 华里的东北岭修岗楼。汉奸关西刚是平陆人，拿枪押着百姓运，男夫们当然得去，小脚妇女也躲不过，连我们这只有六七岁的孩童也都被逼去。我身小力单，个头也低，担不动箩筐，只好用一根竹竿，拴着两块砖担运。日伪汉奸瞪着狼眼，不离身地看押，稍有迟慢，不是脚踢，便是枪托捣。

日伪们为了颂扬"中日亲善"和粉饰"升平"，还不时地派遣他们拼凑的戏班，到各村巡回演出。强迫百姓苦中作乐，屠刀胁逼，以颂"皇仁"。

与其说是为村民唱戏，毋宁说是为日伪开辟寻乐道场更为贴切。每当唱戏，台前十几米的地方，摆满桌凳。桌子上安排多种茶点果品，荷枪实弹的日伪们边看戏，边享用。有些汉奸头目们各自潜入百姓家寻欢作乐。真正看戏的群众则拥挤在离舞台很远的墙角旮旯。

我因年幼，看不懂戏文，对于舞台上进进出出的红白花脸，了无旨趣。便跑回家，拿出一个口哨，满村地瞎吹。殊不知这一吹却闯了大祸——惊动了戏台前的日伪汉奸，个个起立听候集合。分潜在某些百姓家吃喝寻乐的大汉奸们，也晕头转向地以为有了情况，一个个如临大敌地冲向戏台前。

祁家河最大的日伪汉奸文刘平，人称杀人魔王，就蜗居在我的启蒙恩师杨受益先生家抽大烟。一听哨声，丢下烟枪,便往门外冲。迈出院门,刚到巷门口,便与我打个照面,我被吓得傻愣愣地不知进退。杨受益先生急步上前,拦住文刘平说:"一个不懂事的小孩子,在玩耍哩。"文刘平凶神恶煞地呵斥:"谁家小孩,这样不懂事,哼,我一刀杀了你!"说着,"唰"地一下,抽出腰间明晃晃的日本指挥刀,我的老师杨受益急了,一手拉住文刘平,一面厉声呵斥我:"小孩子,吹什么口哨,还不快回家!"我被吓得如痴似呆,两腿灌铅,经老师一提醒,才撒开脚丫,跑回家里。

以后,好多年,我都不敢再吹口哨。

百姓们除了给日伪支差,还得担负没完没了的杂役。

不明白日伪出于什么需要,每天都逼着人们上山灭蝗虫、挖蝗卵。每人每天都要挖几两蝗卵,扑几斤成虫。交到村维持会,堆在院里,像一座小山。

大热天,逼着人们剥蓖麻皮、枸树皮。不管是谁家的蓖麻,都长得喜人的茂盛,果实累累待收,"皇军"要蓖麻皮是头等重要的。眼看成熟的庄稼,就这样被毁了。

日军进入中国,军事上,贪得无厌地侵占;经济上,无休无止地掠夺;文化上,强行推行日语。泰山庙完小,不用说,便配备了专门日语教师,将日语强行灌输给天真无邪的孩子们。我们年仅七八岁的孩提,也不放过。学日语会话,做日本操,走日本步伐,报日语数字。他们还推广日式服饰。我们年幼无知,不知道这叫文化侵略,便也糊里糊涂地听从摆布。现在回想起来,耻辱啊!耻辱!可那时是无奈的,谁让我们国家懦弱,政府无能,致使我们沦为"亡国奴"呢!

六、教育救亡

　　为了寻找地下党组织，我父亲频频穿梭于黄河两岸。可是，当时在日伪统治下，我党组织惨遭严重破坏。父亲失掉了上线联系人，因此只能暂且游离于党外。交泉村祁金兰，曾任 1927 年 8 月至 1928 年 4 月于中共夏县县委重要负责人。后领导长官部抗日游击队，和日伪汉奸周旋于中条南麓。我父亲参加其组织，并任文书一职。祁金兰虽系共产党员，但因当时党组织机密，党员之间单线联系，所以我父亲不曾与祁联系，只是随同祁参加抗日活动。

　　七泉村汉奸杨年胜，是一个日本豢养的走狗，充当日伪苦力头，苦虐百姓，罪恶昭著，令人发指。祁金兰领导的抗日游击队，早想除掉杨年胜，为地方百姓除害，苦思冥想寻找机会。

　　一天晚上，祁金兰亲率游击队员，有张云泉、段文杰等，黑夜合围了杨年胜家，将汉奸杨年胜堵了个正着。队员们将杨五花大绑拉走。张云泉多了个心眼，刚出大门，折而复返。耳贴窗棂，听到杨妻问 3 岁的女儿是否认识那些人，女儿回答认识张云泉。张云泉怕遗后患，当即叫人回来，将杨妻杨女一并杀死。

铲除汉奸杨年胜，纯属锄奸义举。杨年胜之死，罪有应得。至于二次返回，杀死杨之妻女，这是当时情势所迫。

这件义举，据亲身参与的西北庄段文杰证明，我父亲未临现场。但在后来历次运动中，"长官部"一词，却成了我父亲历史中的致命症结，我父亲含冤致死，与这件未临现场之举，不无关系。

祁金兰更冤。1942 年冬，日伪大汉奸文刘平，探知祁金兰为共产党员，并惨无人道地将祁杀害。文刘平一定是掌握证据的。殊不知，祁金兰死后，竟以"特务头子"身份，背负恶名近 70 个春秋，株连亲属、同志无数。直到 21 世纪，由陈清海署名主编，中国戏剧出版社出版的《夏县革命老区》翔实文献资料中，才披露早期共产党员祁金兰同志，系我县县委重要负责人。任职期为 1927 年 8 月至1928 年 4 月。可惜人死已 70 年，泉下何以得知！

正因我父一直心仪革命，所以日伪处心积虑地总在四下搜捕。我父亲间或抵家，也不敢露面。我家北房西边有一小角房，父亲用土坯堵住房门，从北屋西山墙挖一小洞，仅容一人通过。钻进去，用衣柜挡住洞口，人藏在里面，母亲送吃送喝。

有天早上，日伪汉奸文刘平觉察到角屋秘密，便破门直入将我父抓去,绳拉索捆地要送往祁家河日军皇部。母亲急忙请求本家叔伯,求村上头面人物多方营救,终因我父当过村长,未干过伤天害理苦虐百姓之事,村上头面人聚集一块,追到半路,齐力具保。好在,日伪对我父仅怀疑是抗日分子,并没有掌握什么有力实据。经村人担保放了回来。但日伪勒令我父,不许外出,安心居家,速办"良民证"。我父亲内心不想答应,然而暗想,留得青山在,不怕没柴烧,只好应付地默许。

没过几天,祁家河日伪维持会会长张同文,又派人将我父叫走。一家人惶惶不可终日,未卜吉凶。但又想到,我父是被日伪"叫走"的,不是被抓走,心里虽说忐忑不安,却不同上次那样担惊受怕。

两天后,我父亲回家,还领回两个青年后生。看父亲的神态表情,知道不会有什么凶险。母亲满脸愁云,立时消散大半了。

原来,日伪汉奸张同文是平陆三区寺头庙人,在平陆寺头庙办完小,正四处罗织教师,知道我父亲有文化,且教过小学,便将眼光盯住。先派伪军将我父强行叫到寺头庙才发话,责令教书。

我父亲曾以"家庭困难"为口实,婉言辞谢。可是面对先到的诸多教员,有些还是我父亲的同学、挚友,大伙极力挽留。校长姚雨溪系地下党员,面对我父无意执教的态度,便私下避人耳目,动员说:"陈俊先生,你知道什么叫身在曹营心在汉吗?你不想留任教书,谁都能理解。我们这些人有几个是真正愿留的呢?你应懂得,教师的职责是传道、授业、解惑。目前,面对的是日伪胁迫的现实,而孩子们都是天真无邪,心灵圣洁的。关键是你为我们天真无邪的后代,传什么道,授什么业,又解怎样的惑呢?我们占领这块阵地,是件大好事而非坏事。巧用日伪提供的三尺讲台,敞开我们的心扉,给中国人民施行爱国教育,何乐而不为呢?"

我父亲听了姚校长一番沁人心脾的开导,又经同学、挚友实意挽留,终于打消顾虑,决定留校任教。

第三天,学校派两名大龄学生,牵一匹黄牝骡,陪我父亲径回七泉村搬取铺盖行李。

母亲见我父亲安然抵家,一颗悬着的心便放下一半。见有学生陪伴着,听说是去寺头庙执教,这一次从心灵深处总算真正走出阴霾。

几年后,我父才知道,校长姚雨溪,原本就是我地下党员。开导我父亲留校任教,也是在发展进步势力,为中国革命事业培养人才配备师资呢!

姚校长第一次称我父亲名讳陈俊。此后,我父亲参加工作,到生命终结,便一直以"陈俊"行名。

在三完小,当时日伪统治,教师们不能公开进行革命活动。我父亲一直代四年级课程,给学生进行爱国主义教育,讲民族英雄岳飞抗金和苏武牧羊等故事。讲近代史,如"五四"爱国运动,使学生们从课本外接收到中华民族的传统文化。

1945年,中国人民抗日八年,取得决定性胜利。也是倭寇气数尽灭,痴心妄想称霸东亚的日本天皇向全世界宣布,嚣张八年的日本鬼子终于向中国人民放下屠刀而无条件投降。三完小随即由人民接管。我父亲和各位教师们,开始对学生放手大胆地施行革命教育,教师带头,组织学生成立宣传队,配合政府的土改支前中心工作,排演剧目,巡回宣传演出。在宣传队中,我父亲导演新戏、拉板胡、吹笛子、敲锣、打板,样样在行。教师于温、于让、柴发旺等,都是宣传队的骨干。

1946年,配合形势,排演大型剧目,计有《血泪仇》、《白毛女》、《虎孩翻身》等,同时还有教师编写的《新钉缸》、《摸哨》等短小精悍的反特折子戏。每当演出,群众反响都很强烈。台上演,往往引起台下共鸣。

1947年春,宣传队的规模扩大,人数不下70余个,我当时在三完小读一年级。在演出苦戏《血泪仇》一剧时,父亲让我出演王东才的不懂事儿子"狗娃"一角。每演到第十场《龙王庙》一折,"狗娃"的母亲遭国民党匪徒强暴杀害,奶奶碰头一死,爷爷"王仁厚"一手拉着孙孙狗娃,一手牵着女儿桂花，热泪横流地唱道："王仁厚直哭得泪流纵横，两个孩子都没了娘，一个还得娘教养，一个还是不离娘"时，"狗娃"和姑姑"桂花"便双方挣脱王仁厚的手，边哭边各自扒娘新坟，这时，我总抑制不住悲伤难忍地连声喊"妈"，真的放声大哭起来，此刻看戏的人也陪着热泪纵横，往往有人牵头喊出"打倒国民党反动派！"、"打到西安去，活捉胡宗南！"、"打到南京去，活捉蒋介石！"等应时口号，此伏彼起，一时平静不下来。

散戏以后，我的念四年级的姨姨段英珍（即段玉铎），总是厉声训斥我："这是演戏，你为什么哭得那么伤心。以后不许真哭了。"我父亲却说："王仁厚一家遭遇悲惨，'狗娃'哭得越真切，感染力才越深。台底下群众反应那么强烈，说明我们演得好，角色投入。能收到观众共鸣的效果，发动群众，教育群众，震慑敌人，才是我们宣传演出的预期目的。"我当时虽然年幼，却对父亲的教诲，惟命是听。此后，我演出，便更加投入角色了。

七、"五·二六"惨案

　　1946 年,敌我斗争,正处于敌强我弱的拉锯态势,晋豫两岸土匪相互勾结,酷害百姓,严重威胁着地方治安。平陆三区区政府、平陆三完小,都地处黄河北沿,极易遭受匪徒蹿袭。区政府主要部门,连同三完小师生,通通暂时北迁到 20 华里开外的崖头村。在崖头村,基本上占据的都是挨斗地主郝光运的房舍,再就是官房庙院。

　　1947 年 5 月 23 日(农历四月初四),学校为配合土改宣传,提前放了麦假。教师们要率领宣传队,去 30 华里外的郭原村进行宣传演出。我因年幼,跑不了长途,未能前去。至于我的角色,由另一个比我大三岁的学生叫祁成全的临时串替。好在没几句台词,只要在悲情急剧的场景,一直"哭妈"即可。

　　事后,据我父亲说,5 月 24 日、25 日,队员们排练,26 日启程,下午全队人员抵达郭原村,包括全体教职工。郭原村农会干部热情接待。当晚师生们给群众上演穷人诉苦大戏《白毛女》。郭原村群众拥挤在舞台前面,个个仰首专注地观看师生演出。当杨白劳被地主黄世仁逼迫致死,喜儿又惨遭强暴时，台下观众个个义愤填膺，群情激愤，恍惚将舞台上的"黄世仁"，当成真正的恶霸地主，"打死黄世仁!"的口号声响彻剧场上空，甚至还有群众，将砖块瓦片掷向台上。教师李云声急忙走到台前制止，台下喧闹才得平息下来。

散戏后，宣传队员们分散休息。因天气炎热，大部分学生就睡在舞台上，教师们和少数学生分散在民房和窑洞中。我父亲和柴发旺、于让等老师，还有几个大龄学生，拥挤在一孔窑洞内地铺就寝。夜深了，郭原村一时显得静寂无声。

殊不知，阶级敌人并没有停止反抗和破坏活动，郭原村的坏分子早有预谋地勾结河南土匪，匪徒们乘月色北渡黄河，悄无声息地潜入村庄，包围了师生所有住处，目的只有两个：一是施行阶级报复，破坏我土改和土改宣传工作；二是抓捕教师和大龄学生，扩充土匪实力。

我父亲和柴发旺老师，还有几个大龄学生刚刚入睡，匪徒们机枪榴弹突发，暴雨般袭击师生。我父亲居住的门前不远便架着一挺机枪。当时不少大龄学生随身都带有手榴弹，一个月前"四·四"儿童节，三完小学生在平陆县考试成绩卓著，县上还嘉奖三条步枪。地主特务，都刺探得一清二楚。可是，并不知道师生这次没带步枪，原因是未经正式训练。所以歹徒们并不知晓，不敢黑灯瞎火地贸然进屋，只在远处大声咋呼。我父亲和几个学生被堵在窑洞内，做好往出冲的准备。有个叫关汉文的学生说："我扔两颗手榴弹，咱们趁机枪声哑的瞬间，快冲出去！"我父亲对一个崖头村的学生郝成文说："成文能冲出去，可火速跑回区政府报信。其余人，奔向麦田分散逃出！"说时迟那时快，关汉文连扔两个手榴弹，敌人的机枪暂时哑了。只有十几秒空间，学生们都冲了出去，趁着落月余晖，分别钻入麦垄奔逃，敌人瞄枪射击，只有我父亲和祁成全没有走脱，机枪又响了。几个土匪打着手电冲进窑洞，当即抓住我父亲，厉声喝问："你们的校长、教师都在哪里（当时教师和学生的年龄几乎没有差别）？"我父亲机警地回答："我是村里派来烧开水的，并不知道谁是校长、谁是教师。"土匪不管青红皂白，将我父亲和祁成全一并押出村。村口已经抓捕了一群学生集聚在一棵大槐树下，由几个持枪匪徒看押，等待匪首命令一到，就将学生们押往河口。我父亲拉着祁成全，被迫在一堵残壁前蹲下。

　　舞台前架着机枪，匪徒们向台上睡着的学生扫射，学生惊恐中从舞台上跳下，沿墙根逃跑。有的来不及跑脱，不是负伤，便是毙命。台上台下，哭喊声，乱作一团。还有些学生扔手榴弹，皆因火力应急有限，怎能抵得长短齐备、有备而来的河南惯匪呢？庙院里倒下几个学生，主要演员杨石碌、曹治宽已经死亡。

有个叫曹安仓的学生，臂膀负伤。他思量逃出庙院实属不易，索性倒在死了的同学身边，用流血的左臂，遮住头脸，满脸血肉模糊，是死是活难以辨出。匪徒们拿着手电筒，挨个检查。翻到曹安仓时，手电光下，见他满脸是血，以为人已死，便只踢了一脚走开了。还有几个未出庙院的学生，均被抓捕到村口聚集。

凌晨3点左右，匪徒们开始狼奔豕突地逃窜。有十几个匪徒，押着被俘学生往河沿逃窜。我父亲被押在最后，他一口咬定自己是村上烧开水的。匪徒们对他看押稍有松懈。

正是农历四月初七的后半夜，月亮早已西沉，脚下道路崎岖，大队人步履蹒跚，再加上学生们谁都不愿被拉走，所以，尽管匪徒前逼后催，学生们亦然迟迟不肯快步。

大队行列行进在一条一丈多高的地崖边沿时，我父亲从敌人的手电光中瞥见崖堰下是大片麦田，他用手拉了下前后两个学生，其中一个是祁成全。趁敌人窜前窜后看押，稍有松懈的瞬间，三个人从崖边迅速跳下，钻入麦垄中。我父再三喊叫学生分散奔逃。虽然不辨方向，但他们三人奔向地堰边，只要再跳下一条地堰，就能脱离危险。

敌人发现，竟然一下逃脱两个学生，还有一个"烧开水的"。慌忙中,照着麦田乱射。终因天黑,我父亲和另一个学生蹿下一道地堰逃脱了。天明以后,才发现13岁的祁成全,逃出100多米后,中弹遇害。

我父亲一直沿着黄河北岸向上游狂奔,不知跑了多远。天色微明,跑到一个偏僻山村,在一条小溪边喝水,碰见一个担水的,一问,才知此处是马泉沟地面,距郭原村已有十多里了。

待到七八点钟,我父亲在一户老乡家吃了早饭,一夜惊恐,总算稍有平静。但是惦记着郭原村上的师生们,若是土匪走了,我父亲还得赶回郭原村料理残局。

中午时分,我父亲二返郭原村,庙院中已聚集着村上干部,杨润荣校长和柴发旺老师已先到场。院里几条芦席上躺着杨校长胞弟杨石碌和六年级学生曹治宽等七八位殉难学生尸体。杨校长和农会干部协商,将现有尸体着其发送回家,再发动群众四下搜寻。天气炎热,尸体不能久置,能发送的及早发送。区上来人,安排农会干部不可怠慢。同时,区卫生队也及时赶来,就忙着为负伤学生包扎伤口。

据区干部们介绍,多亏学生郝成文,不顾惊恐疲劳,以跑马拉松的毅力,天亮前跑回区政府报信。区政府立即集合区干队当即赶往黄河渡口堵截土匪。遗憾的是,迟了一步,大部分被俘学生已经船行中流,无法救回。只截回七八个未上船的学生。还有几个来不及过河的匪徒,向下游逃窜,区干队紧急尾追至白浪渡口,流寇已经过河,亦未斩获。

天黑前,师生和村干部们,搜遍了村里村外各处墙角旮旯儿。凡有人迹践踏过的麦田草莽,都查验仔细,总算将殉难者尸体全部找回。经统计,殉难的学生一共15位,包括年龄仅有13岁的祁成全。

负伤的、跑散的老师学生,都陆续集聚到庙院。杨校长分派我父亲和几位老师,详细统计人数。经多方询问查证,死者确系15位,被俘过河的22位,负伤的十多位。教员没有死伤,仅我父亲一人被俘,趁着夜色又逃脱了。

首要任务,是组织担架队星夜发送死难的学生。最远的是杨石碌家,远在张店,山高路迥,单程不下150华里。再就是祁成全,家在夏县祁家坡村。李治德,在夏县东庄村。路途均达50余华里。如曹治宽等几位离家至近,也得行20余华里。

杨石碌同学,是宣传队最主要演员之一,是台柱子,又系杨校长胞弟。杨校长须得护送回去,负有向父母慰安的职责。学校事宜,只得暂托我父亲和大、小两位于老师负责料理。平陆张店路途遥远,加以翻山越岭,山路崎岖,区政府特具公文,着请沿途各村政府协助接转运送。星夜兼程,不得延误。

路远、天热,天大的困难,阻挡不住生者发送死者的毅力。民夫们,四人一组,立即分别往各处启程。

翌日清晨,教师们率领其余学生队员,包括十多名伤者,启程赶回崖头学校。经过一天的休整,伤员们留在区政府治疗。教师们全部留校,又挑一些年龄大,手快心细的学生共同协助护理伤者。其余学生,放假回家。

一幕惨剧,总算草草收场。

麦假过后,6月22日,星期日,学校开学。6月29日,是"五·二六"死难学生的"五七忌日"。这天又是个星期日。三完小师生,经过一礼拜筹备,定于这日为15位殉难学生举行公祭。

会场设在崖头村露天戏院。舞台正中央安置灵堂,师生们为死难者准备的金山、银山、宝山、白马、红马等各种纸扎,摆满台前两厢。正中央桌面上,摆放一座四尺多高的五彩纸扎楼房,楼内后墙工整地书写着曹治宽、杨石碌、李治德、祁成全等15位殉难者名字。供桌正中,陈列着多样油炸食品,还有各种各样时新蔬果。供品前是一尊古香古色的纯锡香炉,炉内燃着五炷檀香,氤氲缭绕。两边各有一支浑白蜡烛,长明不熄。蜡烛泪柱已经流淌到供桌上,凝结成新的泪塔。

戏台前檐上,横扯一条长幅黑色布幛,上贴斗方白纸,墨写着"五·二六殉难学生公祭大会"十一个遒劲醒目的大字。

主祭台上，右边坐着三区政府干部和三完小教师及各年级学生代表。左边则是部分死难学生的家长,尚有几名教师陪坐。无论是教师还是学生,无不悲痛难抑。家长们更是撕心裂肺,悲痛的泪水止不住地流淌。有的竟然哭得将手绢几乎要拧出水。可是,人们都能强忍悲哀,不曾哭出声来。

舞台下,整齐地排列着本校 200 多名学生队列,再后面和东西两厢,围满了崖头村的群众。无论是学生,还是群众,人人都表情严肃面现哀容。有些人在低声抽泣,村民中亦有不少人陪着流泪。

约 10 时许，主持大会的主祭教师李云声庄严宣布,为"五·二六"殉难学生公祭大会开始(李云声是去年毕业的学生,留校教书,他是一名共产党员)。他庄严宣读殉难者 15 人的名单，然后向 15 位死难者酹酒献爵，敬香焚表,全体人员,面向台中央,为殉难学生默哀 3 分钟。默哀已毕,宣布唱哀歌——这是学校教师新编词新谱曲,紧急排练出的一首哀歌。歌词大意是:

五·二六殉难的同学们,

你们的英名千秋永垂,

你们的精神代代传递,

你们的热血激励着人们。

革命的红旗高高擎起，

我们的信念坚定。

曙光已经来临，

向着光明，向着胜利！

打倒一切反动派，

建设一个新中国，

我们将奋勇地前进！前进！向前进！

接下来，校长杨润荣讲话。

杨润荣是一校之长，又是死难学生家长。只见杨校长，饱含热泪，步履沉重地走到灵堂前，面向灵牌，恭恭敬敬地行三鞠躬礼，侧转身，面对观众的是一张热泪长流的面孔。双手哆嗦地捧着一纸讲稿。他强忍悲哀，不哭出声，但只念了一句："同学们，今天是我校殉难的……"终于按捺不住实难抑制的悲情，还是失声痛哭，再也念不下去了。主持人李云声急忙上前，将杨校长扶回原座，顺手接过发言稿继续念下去。

杨校长的讲稿，高度评价了15位死难学生的英雄事迹和崇高品质。号召全体师生向死难同学学习，继承他们的未竟事业等。文中，还表彰了相当一部分同学勇敢斗敌的模范行为，如关汉文投弹杀敌，郝成文连夜涉险向区政府报信等不一而足。

继而,三区区长丁建邦讲话,首先代表全区人民向死难学生致哀。号召全区人民团结一致,提高警惕,肃清奸特,奋力支前,早日打垮蒋介石反动势力,为死难学生报仇雪恨!

丁区长的讲话,极富感召力,激起人们对反动势力的愤慨。会场中口号四起,"为死难学生报仇!""坚决彻底消灭残余匪帮!"此起彼伏,足足轰鸣五六分钟,方被会场主持人制止。

教师代表、学生代表陆续发言。轮到死难学生家长讲话。尽管他们做过发言准备,且拟有讲稿,但身处如此悲壮氛围,联想到儿子英年早逝,便悲情难抑地连一句囫囵话也讲不出来。

追悼会持续约两个多小时,祭祀程仪,追悼发言全部结束。主持人宣布,为死难学生焚烧冥洋纸扎,大伙将台上所有纸扎一并捧出庙院大门,堆放在村口钟楼前,由杨润荣校长,亲手点火。熊熊烈焰直冲九霄,正要烧毁一个罪恶的旧世界,让一个崭新的民主社会,在烈火中诞生!

"五·二六惨案"已经过去一个多月了,那些作恶多端的阶级敌人,妄图以一次杀戮,就吓倒三完小师生宣传队员,以此可以罢演,停止土改宣传,历史车轮可以倒转了。其实这完全是敌人的痴心妄想,殊不知三完小的师生们,不仅没被吓到,而是更加激发斗志,反而配合我党的土改工作,宣传更加积极,宣传队规模也越壮大了。

"野火烧不尽,春风吹又生。"三完小的宣传队的确遭到重挫,可是师生们在恢复学校正常秩序后,一手狠抓教学,同时抽调我父亲等几名骨干教师,抓紧重组宣传队工作,重新挑选演员。高年级学生选不够,便在低年级中挑,我当时读一年级,又被重新组进宣传队列。

1947年1月,刘胡兰就义。年底,《刘胡兰》油印剧本已经传到学校。宣传队除了保留老剧目外,又立即着手赶排新剧目。紧随形势,1948年农历正月,《刘胡兰》剧目便被搬上舞台公演了。首先在崖头村上演,群众反应强烈。师生们利用寒假期间,将宣传队带到全区各村巡回演出。在七泉村演出《刘胡兰》时,群众对惨无人道的阎匪军队之恶行,恨之入骨,当刘胡兰大义凛然地躺在阎匪铡刀口下时,群情激愤难抑,口号四起,经久不息。演出结束,应七泉村干部要求,学校将《刘胡兰》一剧油印本留下,并责成我父亲利用假期协助村上排演。

同样,宣传队每到一个村庄演出,效果依然震撼人心。当时群众生活虽说艰苦,但是,管师生们吃住,还是周详备至的。

宣传演出的同时,拥军支前亦不松懈。1947年秋,我人民解放军"五八团"全体将士剿灭七泉村王家滩匪徒,胜利归来。三完小师生担着西瓜、水果,徒步40多里,直送到关家沟慰问"五八团"将士,受到将士们的热烈赞扬。

有着革命传统的三完小师生们,是永远不会被打垮的。相反的,由于怀着一腔仇恨,为革命牺牲的学生,用热血更加洗礼了后来的师生们,鼓舞了人们的斗争意志。宣传队重整旗鼓,更加活跃在平陆夏县一带。且培养出新的骨干和台柱子。

我父亲在七泉村负责排练剧目,并亲授琴艺,教会张天恩、杨张全两位胡琴爱好者,从此村里剧团再不因没有琴师而犯愁了。

八、"五·二六"赘补

我家住在七泉村,1956年以前,属平陆县管辖。距崖头学校35华里,距郭原村惨案发生地,少说也有60华里。

说来令人无不惊奇,"五·二六"惨案发生当夜,在七泉村,最先警觉的只有一位妇人,这位妇人并非他人,便是我母亲段氏。

5月26日(农历四月初七),这一夜,我的母亲不知为什么,彻晓难眠,辗转反侧,总难合眼。即使强闭双目,脑子却越来越清醒。夜交子时,母亲隐隐约约听到枪声。当时时局不稳,无由枪声时有发生,但这一夜的枪声迥然不同往日零散,而是一阵紧似一阵密集无间地响。况且,声源好像来自西南。我母亲十分惊觉地披衣起床。她知道我父亲领着学生在郭原村进行宣传演出,便心惊肉跳地耳贴窗棂细听。越听,越觉不妙。一步一步地印证着她的判断。她索性跨出门,走上距我家几十米远的禁坡顶上,放眼南眺。夜幕中西南远处一片火光,枪声正是从那里不停传来。人常说:"惊处有狼,怕处有鬼。"我母亲凭直觉已

46

经预感到，三完小师生可能遭遇不测。

枪声一直无间歇地响，我母亲便忐忑不安地熬到天明，早饭后，枪声逐渐稀疏，直到中午，才完全消失。

我母亲是个典型的小脚妇女，身边有我和我的两个妹妹、一个弟弟。弟弟不足两岁，尚在襁褓。我们都还离不开母亲呵护。当时，路途遥远，交通不便，信息闭塞。次日一整天，母亲心情烦躁，茶饭不思。苦熬到28日，再也强忍不住惊恐与担忧，便横了心，扔下孩子，决心出门探询情况了。

一大早起来，便扭着一双小脚，直奔平陆方向。走了两个小时，到祁家坡村，祁成全的尸体，刚抬回不久。据民夫说整整抬了一夜。我母亲急不可耐地探问我父亲情况，有跟来的一个大龄学生说："陈先生昨天被土匪押到河沿，可是他跑出去了。"

母亲还是放不下心，顾不得疲劳饥渴，又扭着小脚，奔向东庄村探询。

正当午时，阳光火辣，母亲到达东庄村。死者李治德亦被抬回。东庄村有不少刚从三完小回村的学生。经确切询问，才断定，"陈先生和一伙师生已经赶往崖头村，现在都该回到学校了。"

我母亲两天来，悬着挂记的心，总算落了地。在东庄一个学生家用过午饭，不顾赤日灼烤，也不管道路崎岖，

47

心急火燎地赶回七泉村——她还眷念着哺乳的孩子呢！

29日黎明，母亲打发我家长工陈官德，亲赴崖头村学校探听确信。下午官德回来说，亲眼见到我父亲和其他教师，我父亲让全家安心，他正忙于学校事务，暂时不能回家。

官德说他见到区政府大院里裹绷带、吊胳膊、拄拐杖的受伤学生很多很多，不过，有区卫生队悉心看护，还有老师和学生的殷勤照料，伤员们一定会早日康复的。

我母亲的一颗悬着的心，总算踏踏实实地落进心窝了。

惨案发生距今近70年了，我的心头始终有一个难解之"谜"。

七泉村距郭原村最少60华里，枪声如何径直传进七泉村，又偏偏准确无误地传进彻夜难眠的我母亲耳朵里，这究竟是心电感应，还是真如古话说的"心有灵犀一点通"呢？

也许真的有科学道理，但在我心里仍然是个"难解之谜"。

河南股匪，一小撮千夫所指的亡命歹徒，只不过凭借河南暂时未被我大军解放，像秋后蚂蚱一样，竟不知死活地跳跶。同郭原村反动势力勾结，疯狂地制造了一场骇人听闻的惨案。妄想搞几次破坏，便可吓倒革命者却步不前。错了！殊不知惨案的制造，只能更加激起群情公愤，加大消灭反动团伙的力量，加快敌人自取灭亡的进度。

1949年，随着河南省的解放，那些插标卖首的反动势力竟被彻底消灭，至于"五·二六惨案"制造者的匪徒们，以及郭原村的潜藏敌特，一并被抓获归案。1951年夏季，曹兆保等三名罪大恶极的首犯主犯，验明正身，绑在寺头庙群众会场的法桩上。三完小学生代表义愤填膺地面对三犯，进行斥骂控诉。三犯在铁的事实面前，对其所犯罪恶供认不讳，正当午时，将三犯执行枪决。三完小师生，含愤四年的深仇大恨，今日总算报了。

至于那20多名被掳走的大龄学生，命运如何呢？

1957年，我父亲在中共晋南地委党校任职，我当时在临汾一中念高二。有一个礼拜日，我父亲的办公室来了两个客人，军人模样。见了我父，又崇敬、又亲热地连呼"陈先生"。我当时在座，正一头雾水，我父亲介绍，这两位正是10年前在郭原村惨案中，被河南土匪掳走的六年级学生，现在在东北某军区工作。两个学生，虽然不认识我了，但却十分熟悉我的名字，便亲切地说起他们的遭遇。

那天，土匪将他们20多人都是五、六年级学生，俘过黄河，填充反动势力。很快，我人民解放军，以摧枯拉朽之势，解放河南，被俘学生们依次被接收加入人民军队，不久随军南下。因在当时，高小学生属于有文化的人，所以，大多数在各自所在连队做文书或文化教员。现在，他们都在我党各个不同岗位，担任要职。为革命工作，贡献才力。这两位学生现在供职于东北某军区，此次探家，特意到临汾来看老师。

至于死难的 15 位学生，2002 年 8 月，中国戏剧出版社出版的《夏县革命老区》一文献资料中，将祁家坡的祁成全、东庄村李振荣，作为学生宣传队员，于 1947 年 5 月 26 日因宣传革命被敌人杀害，被列入夏县"解放战争时期烈士名录"。

需要说明的是，东庄村"李振荣"，我想应该是前文多次提到的"李治德"。可能是人死，名字随李氏族谱写的谱牒名。

至于其余 13 位死难学生，都是平陆县人，我想平陆县的烈士录名单中，不会遗忘他们的。

九、蒙难"文革"

1948 年,全国形势好转。国共两派,由敌强我弱,转变为敌弱我强态势,三区政府和三完小师生都离开崖头村,三完小搬回寺头庙。我父亲升为副校长。

由于长期游离于党外,我父亲尽管工作积极,深受领导信赖,赢得群众瞩望,但毕竟像无娘的孩子。于是积极向党靠拢,历经几年考验,终于在 1951 年 1 月重新加入了中国共产党。从此我父亲投进"母亲"怀抱,受到党的直接培养教育,政治生命中再次注入了新的血液。工作中,像充足电的马达,不知疲倦地为党的事业奋斗着。

入党以后,平陆县政府旋即调我父亲到寨头村办简易师范,为应急解决师资培训人才,我父任教导主任。只工作了二年,1953 年调平陆县委任秘书。1955 年夏前往西安党校学习半年,期满,于 1956 年初调入中共晋南地委党校任哲学教研室主任,同时为党校党委委员。经过多年历练勤学,父亲的学识已经达到高中文化水平。

1957 年,我党整风"反右"开始。我父亲积极配合整风,维护党的领导,表现突出。同时对个人历史问题作了详细交代。

据父亲历史自传,1936 年 17 岁,参加进步组织"牺盟会"。1938 年 10 月,刚刚 19 岁,就加入了共产党。同年,又参加了本县"农救会"。后因疥疮缠身,与党组织暂时失去联系。直至 1951 年二次入党。兢兢业业为革命工作了十多年。现有中共晋南地委对我父历史问题的调查报告为据。

中共晋南地委(党群口)

关于陈俊同志历史问题的调查报告

中共晋南地委审干委员会

办公室(公章)

一九五七年四月一日

陈俊,又名陈喜娃、陈喜安。男,现年 36 岁,山西夏县七泉村人,高中文化程度,富农家庭出身,本人成分教员。1945 年 5 月参加工作,1951 年 1 月重新入党。历任我平陆完小教员、副校长、简师教导主任、县委秘书。现任中共晋南地委党校理论教员。

陈于 1939 年 12 月政变自行脱党问题,中共平陆县委于 1954 年 2 月作过正式结论,经上级党委同意,故不再结论。

陈在脱党回家后,曾于 1941 年春任过本村伪村长三个月余,同年夏季因日伪占领该地,其领全家逃难于河

52

南,不知务干何事？1942年9月由河南返里后,参加了国民党长官部游击队,干了半年左右,该队曾杀死日本苦力头杨年胜(与陈同村)一家三口,是否和陈有关？1945年至1947年在我平陆三完小任教员期间,曾和教员王秀伟(其家系地主成份,对我土改政策不满,后杀死我农会干部的反革命分子)关系好,而不满我党员校长？就此问题进行了调查,据其本村党员杨景昀等三同志证明,陈任伪村长是群众选的,任期三个月余,此期间曾因差务指使杨云山等人,打过农民陈春盛几下,此外再无其他危害人民的事实。据与陈同在河南逃难的陈元博(现为党员)证明,他和陈等带领全家于7月前后逃难到河南阌乡县寺疙瘩村居住,当时陈一面领救济粮,一面给别人打短工,女人给别人纺棉花,勉强维持生活。第二年10月间返乡。据地委组织部副部长刘煜（同陈先后由河南过河的）同志证明,因我地下组织被破坏,他和冯彦俊找地下工作同志,利用伪国民党长官部张汉臣情报组的公事掩护,于1942年9月由河南过来的,陈也在这样情况下过河的。据在国民党长官部游击队干过的段文杰、祁思高(该两人现系党员）、陈元博和有关方面证明,1942年9月到1943年夏季,陈在该游击队中任书记,没有危害人民的事实。关于该队杀死杨年胜一家三口的问题，现有参加执行者段文杰、祁思高和有关方面证明,杀杨是该队负责人祁金兰指示和亲领前去的，陈未前去。同时杨确系汉奸，应该杀死。杀其女人和小孩是在抓走杨时怕出后患，临时决定的。陈在平陆三完小任教员时期的问题，据党员张治斌同志两次证明其曾和反革命分子王秀伟关系时，而对我党员校长姚雨溪同志作风问题有不满情绪，因而对其不满，但无事实根据。

鉴于上述情况，陈虽在脱党后任过伪村长三个月余和游击队书记半年左右，但无危害人民事实；逃难在河南是以劳动维持生活的难民；由河南返里是在找地下工作同志，利用伪情报组的公事掩护下渡河的；和反革命分子王秀伟私人关系好，仅是怀疑，没确实根据。特此报告。

以上结论，出自"中共晋南地委审干委员会办公室"，是权威性的。同时，是作了多方面的调查结果。又经缜密审核，应该说是十分可信的。

报告最后，对我父亲历史问题下的结论，否定了此前所有怀疑的问题。需要补充申明的一点是，参加祁金兰同志领导的国民党长官部游击队，曾是我父亲历史问题的致命症结。但是据2002年8月出版的《夏县革命老区》文献记载：祁金兰同志，不仅是夏县早期中国共产党党员，而且是"第一次国内革命战争时期和土地革命战争时期"中共夏县县委负责人。曾于1927年8月至1928年4月任职。这样一位革命先驱,我党早期党员,由共产党领导的"国民党长官部游击队",一直活动于中条山南麓,抗日锄奸始终不渝。日伪汉奸对其曾"谈祁色变"。所以祁家河日伪维持会会长张同文,派大汉奸文刘平夜袭交泉村,将其残害。祁金兰同志被害一死,身后曾背负几十年恶名且株连子孙无数。现已查明,还其历史本来面目,应追认共产党员祁金兰同志为革命先烈。至于杀死汉奸杨年胜,乃革命举措,执行者有功而无过。我父亲不曾亲临。即使参与执行,也应记功,不应背个"莫须有"的罪名致其政治生命于死地。

然而,在"文化大革命"中,风云瞬变。正当各派对打不可分交之时,我的母亲惦记在晋南地委党校我父亲的安危,提心吊胆地要我给我父亲写信。我顾虑到写信,父亲本人能否收到,便给我父亲拍了一封电报,电文谎称"爷爷病危急归"。不几天接到父亲回信,大意说,理解亲人悬念的心情,不过他暂时还算平安,让我们放心。

派性之间相互倾轧。我父亲当时是"问题对象",卷入这场看上去永无休止的政治风暴中,自己夹在中间当然不会有好果子吃。父亲当时看到,社会骚乱,坏人猖獗,好人挨斗。关牛棚的、挂牌游街的,每天都有。再回想自己的"历史问题",一时难以澄清,与其受此凌辱,不如自己早些了结人生,落个一了百了。

于是父亲经过反复思想激烈斗争后，终于选择了自己要走的路。1968 年 11 月，他给我二弟习来(习来过继于姑母)寄回 400 元人民币,助其建房之用。几天后的 12 月 4 日白天,给我寄回 100 元。深夜,他穿戴齐整,痛苦地斗争再三,觉得前途渺茫,实实无路可走,终于忍屈负冤地,选择了一条不得不去的虚幻境界——含冤触电弃世。死时年仅 49 岁。

当时我在祁家河中学教书。12 月 5 日(农历十月十六日)夜 9 点,我接到晋南地委党校发给我的一封电报,电文只有八个字:"陈俊已死,家人速来。"接着收到我父寄给我的一笔汇款,壹佰元整。我签收了,我知道这是父亲临终前寄给我前去搬运灵柩的路费。

我满怀悲愤,连夜哭回家。母亲一听,抑制不住地放声痛哭。我急忙上前捂住了母亲的嘴,全家人只能沉浸在压抑愤懑的氛围中抽泣含悲地苦熬。三更时分,我和弟弟习永还有本家哥哥双喜三人,徒步前往临汾。日行 130 华里,6 日晚到胡张窑头村,由朋友杜永康借用三辆自行车,将我们送往闻喜火车站,半夜,我们便到临汾党校。

彻夜不曾合眼,挨到 7 日清晨,党校负责人,还有军代表约我们谈话。无非是我父是"国民党特务"、"历史问题严重"、"他的死是自绝于人民的……"等层层加码,都是些早已拟好的格调诬陷，又交代了我父亲部分遗物。随后领我们看了父亲灵柩。打开棺盖，所见到的父亲，面容一如生前，虽说面带凄苦，但仍然不失以往祥和慈善之态。棉衣整洁一新，只是胸前，略有泪痕。我们无话可说，心里却憋着千言万语，小心谨慎的一个字也不能再说，只能沉默地盖上棺盖。人常说"盖棺论定"，我的父亲，为了党的事业辛苦劳碌，革命一生，一名响当当的共产党党员就这样背着"国民党特务"黑名，"盖棺论定"了。

我们雇了辆小平车，由小毛驴拉着我父灵柩，我一人扶柩（双喜、习永乘火车回夏县县城等候），我和车夫赶着小毛驴徒步60华里当晚落脚襄汾，由在襄汾公安局工作的本家哥哥陈英科帮助找店住下。

时值隆冬，风高月黑，他乡异地，我独自守着父亲的灵柩，欲哭无泪。不由得心潮起伏，脑子里翻来覆去地想着一个问题——我的父亲，涉惊历险地，为了革命，为了党，心力交瘁几十个春秋，在临终的时候落了个被诬陷的恶名，甫说活着的人心怀不平，就是逝者，怎能瞑目九泉呢？

为了革命，与日伪，与顽匪，周旋于黄河两岸，避过了日伪一次又一次的追捕，为了土改宣传，在"五·二六"惨案中，挣脱了土匪的绳索，侥幸逃得性命！为了革命工作，几十年来，兢兢业业，不辞辛劳，从未回家欣享过合家团圆的乐趣。就这样一个好父亲，一个为共产党的事业操劳一生的好党员、好干部，何以忍心凭空被指控为"国民党的特务"呢？于情、于理都是不能令人置信的。

我辗转反侧，整整一夜，不能合眼，枕头被眼泪浸湿了一大片。

12月8日，驻足侯马，9日，赶到夏县地界胡张，是夜雨雪交加，小毛驴拉着我父灵柩沿着泥泞土路寸步难行。我和车夫连推带拉，好不容易从泥泞中穿过苗村，于10点多赶到夏县县城。双喜和习永，已联系好汽车，静候多时了。

翌日清晨，我弟兄三人扶父亲灵柩上车。车到泗交，路途结冰难行，司机周师傅驾技熟练，冲过一道道险路，滑过节节冰途，仅80华里路程，足足走了五六个小时。午后才抵达祁家河。二弟习来，早已等候在此，着人抬着灵柩，沿古道羊肠，艰难跋涉，天黑前抵达七泉村。

因当时政治气候险恶，我们一家心情惴惴，恐招麻烦，抬棺的一路奔跑，将灵柩直接运抵墓地，草草下葬，可怜我的父亲，含冤致死，连回家停放片刻的机会也不曾得到，居家的亲人们谁也不曾亲睹逝者遗容，我的母亲虽然悲痛欲绝，但还是强抑眼泪，就这样将我父亲的灵柩仓促入土，图得一个清净的世界。此日12月10日，是我父死后头七忌日。

我因整整六天六夜未曾合眼,往返800余里,心劲迫使,铆足一股力量,总算将我父灵柩搬回祖茔。可是,父亲灵柩运往墓地时,我因劳累过度,跨进门槛,便一屁股瘫痪在地上,再也无力支撑起身。我父之安葬,我也无力临穴,仅在安葬之后,亲人们将我搀扶到坟前,焚香点纸,酒敬三爵,叩了三个响头,权当与我父亲道个永别。

为了革命事业,我父亲奔波劳碌,历惊涉险,坎坷一生。颠蹐竭蹶几十个春秋,总是难得回家一日。我身为长子在我父亲有生之年,未能榻前奉养一日;父殁,丧葬之日,我又未能临穴奉安一时,这当是人生中怎样的哀怆啊!

我父生前,人品无可挑剔,待人接物,素孚众望。但是,背着恶名之死,情也泯灭殆尽。

候马半个月后,临汾党校一位同志,给我寄回一张汇款单。款额明明白白地写着人民币"肆拾玖元五角整"。在附言栏内填写补语:"曾借陈俊人民币五十元整,现归还。扣过邮费五角。"未署汇款人姓名。

这是一笔不足挂齿的款额,却令我踌躇四十余载。心中郁结一直未能消散。虽说人死如灯灭,总不至于连起码的人情也泯灭得一干二净吧!即使为避政治嫌疑,怕沾干碍,区区50元不归还亦无所谓,何以小气得扣除五毛钱汇费呢?

由此也不难想见,我父亲一死,不光政治生命任人肆意践踏,而且层层加码,急剧升级。果然,1975 年 9 月 2 日中共临汾地委组织部(1970 年 5 月 1 日,临汾和运城两个地委分开办公),又对我父"政治历史问题"作了新的"结论":

　　　　　　对陈俊政治历史问题的审查意见

　　陈俊,男,年四十九岁,山西省夏县人。家庭出身富农,本人成分教员。一九四五年重新参加工作,一九五一年一月二次入党。原任晋南地委党校教研室主任,行政十七级。

　　该一九三六年参加牺盟会。一九三七年考入阎匪国民兵军官教导五团当兵。"七七"事变后,教导五团改编为决死队,思想动摇脱离回家。一九三八年参加本县农救会工作,十月加入中国共产党,十二月政变后动摇脱党。一九四〇年回本村教学。一九四一年春担任伪村长三个月。五月因日寇侵占中条山,携家逃往河南阌乡避难。七月经特务祁金兰介绍参加了蒋匪第一战区长官部战地联络组"侯安组"的特务组织,并经过特务训练,于十月份北渡黄河搜集我方情报。过河后在祁金兰领导下的国民党长官部夏县二区游击队担任文书。在此期间,曾给蒋匪张汉臣部队送过情报。

　　对上述问题,该在第二次入党和一九五一年审干中均作了隐瞒。一九五六年审干中,虽做了一些交代,但对参加特务组织、受特务训练和为敌送情报的问题,仍然作了隐瞒。定为特务分子,清除出党。

中共临汾地委组织部(公章)

一九七五年九月二日

以上,分明是对我父历史问题,又一次天方夜谭式地肆意添加了诸多罪名,竟然荒诞不经地将我党在夏县的早期党员兼负责人祁金兰同志指控为特务头子。覆巢之下岂有完卵,无怪乎死后 7 年的我父重新被判为"特务分子",并"清除出党"了。

十、平反昭雪

　　风云突变,苦难的中国人民,好不容易熬过了漫长的十年"文化大革命",总算盼来了新的解放。1976 年 10 月 6 日,斗转天回,中国历史上最为荒唐的事件终于恶焰熄灭,"四人帮"被彻底粉碎,以邓小平为首的党中央,拨乱反正,开始重审"文化大革命"冤案,解放老干部,并摘掉压抑右派分子 20 年之久的"右派"帽子。又彻底推翻了错误的两个"凡是",中国人民从此获得真正的政治解放,挣脱了层层"紧箍咒",挺直腰杆,敢说敢做了。

　　冤死的老同志,也随着社会大变革,得以昭雪平反。中共临汾地委审干领导组,对我父亲历史问题,总算慎重地做了审查,并对审查结论做了批复。

中共临汾地委审干领导组关于陈俊历史
问题复查结论的批复

中共临汾地委宣传部:

　　你部报来"关于陈俊历史问题的复查结论"经地委审干领导组四月十二日研究:仍维持中共原晋南地委审干委员会(党群口)一九五七年四月一日"关于陈俊同志历

史问题的调查报告"所做的结论。

此复

中共临汾地委审干领导组

中国共产党临汾地区委员会组织部（公章）

一九七九年四月十六日

如上"批复"，彻底否定了 1975 年 9 月 2 日对我父亲"政治历史问题的审查意见"。仍然维持 1957 年 4 月 1 日 "关于陈俊同志历史问题的调查报告" 所做的结论。

时隔三年，1982 年 3 月 20 日，中共临汾地委党校给夏县县委、祁家河公社党委、七泉大队党支部，下达一份"函告"。

中共夏县县委、祁家河公社党委、七泉大队党支部：

根据中共临汾地委审干领导组一九七九年四月十二日决定：关于陈俊的历史问题，仍维持中共晋南地委审干委员会（党群口）一九五七年四月一日"关于陈俊同志历史问题的调查报告"所做的结论。所有"文革"期间一切强加给陈俊同志的罪名都是错误的，有关诬陷档案材料应一律作废，并应销毁。

特此函告

此致

敬礼

中共临汾地委党校党委

中国共产党临汾地区委员会党校（公章）

一九八二年三月二十日

其实，此函告下达之前，1981 年 12 月 22 日，我父亲的历史问题就已得到平反。从 1957 年 4 月 1 日，直至 1979 年 4 月 12 日，我党在"文化大革命"中，因蒙受"四人帮"的左右，在审干问题上，白白忙活了 22 年之久，终于发现，绕了一个三百六十度的大圆圈，又回到了原地。令人可悲的是，逝者已蒙受冤屈 13 年，泉下也无从得知了。

1981 年 12 月 22 日，中共临汾地委党校，寄给我一纸"讣告"。

讣 告

原中共晋南地委党校党委委员，哲学教研室主任陈俊同志，于一九六八年十二月四日不幸逝世。兹决定于一九八一年十二月二十八日在中共临汾地委党校为陈俊同志举行追悼会，望届时亲临参加。

此致

陈俊同志治丧委员会

中国共产党临汾地区委员会党校（公章）

一九八一年十二月二十二日

陈习文同志并转告你弟习永、习来及习英、重英、金芳等。

在此之前，四妹芳英已被临汾党校安排在党校做会计工作，所以，附言中未提芳英之名。

11 月 28 日，我们弟兄、姊妹，还有我在洪洞工作的堂兄文科，都届时会聚临汾党校新址，参加了临汾党校为我逝去 13 年的父亲，特别补开的追悼会。我的母亲，因我父的猝然谢世抑郁成疾，于 1977 年农历六月初三病故。时年六十又一。她虽然看到了"四人帮"彻底覆灭，却未能亲临为我父平反追悼现场。

追悼会那天，党校同志安排、接待周详，会场布置得庄严肃穆，党校敬献挽联花圈，党校负责人作了发言。当众宣布，对我父亲的错误结论进行平反。将以往对我父亲的诬陷材料，当场予以否定并销毁。我们弟兄、姊妹们也敬献了花圈，我作为亲属代表作了发言。堂哥文科，唯恐我的发言流露怨愤情绪，特别指点我，把对我父亲的不公正结论，都归结到"四人帮"身上，我听从了哥哥的意见，做了令人满意的发言。

我的父亲革命一生，含冤而死 13 年后，终于熬到还原其清白无瑕的历史真相。

追悼会结束后，党校负责同志招待我们安排在"二招"用餐。随后，送我们返程。

我始信，党的政策：不放过一个坏人，也绝不冤枉一个好人！此言不谬。

十一、沉痛与反思

　　"文化大革命",从开始到结束,整整嚣张十年之久,至今销声匿迹近半个世纪了。那些曾猖獗一时的"四人帮"团伙,大多数魂飞九霄了吧。然而,他们所造的罪孽,给国家、给人民所造的灾难和创伤,是无法估量的。

　　对父亲的死,我是悲痛的。但一想到这场运动是民族的灾难,是国家的不幸。有千千万万个无辜者沦为这场灾难的殉葬品。我父亲的冤死,仅仅只是其中小小一分子。

　　我父亲的一生,从其短暂的简历中不难看出其详明品格。至于其对中国共产党、对人民、对革命事业的忠诚,绝对是无可非议的。蒋介石于 1927 年对共产党施行宁可错杀一千,绝不放过一人的"四·一二"大屠杀,我父亲是亲身经历的。即使在国共合作的抗日战争初期,蒋介石屠杀共产党的手段依然未曾改变我父亲一心向党的志向。试想,在那腥风血雨的严酷环境下,1938 年 10 月,一个仅 19 岁的青年, 竟然能义无反顾地投身共产党的怀抱,又加入我党的进步组织"牺盟会",这须得多么睿智的思维,多么惊人的选择啊!其目光之犀利是不能不令人叹服的。尽管因病魔缠身曾一度游离于党组织之外，却绝非本人思想动摇。再加上国家内忧外患的战乱频仍，党组织惨遭破坏而失去联系，可是我父亲却没有一日不在思念和寻找党组织的。在避难豫西的两年中，多次穿梭于大河两岸，为寻求革命组织，颠踣竭蹶至心力交瘁，仍然不辍向往党的志气。

1941 年农历正月，我父亲二十出头，还是一个未谙世故的小青年，竟然以压倒多数的选票被七泉村全体村民推选为村长，虽然任期不足百日，但其在群众中的威望可见一斑了。逃难豫西，又被众多灾民推举为"难民代表"。虽只两年，却为灾民们做了不少有益的事情。日军投降后，回乡多年，有不少曾经的灾民还念念不忘"难民代表"所做的实绩。

在平陆三完小任教的几年中，不失为人民的好教师，正因如此，平陆县政府指明要我父亲在平陆县寨头村办简易师范，为应急教育事业而培训师资。工作中不负党的重托，为党培养了数百名小学教师。尔后，被调平陆县县委会任秘书，说明我党在擢拔干部的问题上是十分明智和十分慎重的。1955 年我父亲被上级调往西安党校学习，1956 年 1 月调至晋南地委党校任哲学教研室主任，同时为党校党委委员。1957 年、1958 年多次下乡，每次都任工作组组长而从事宣教工作，在党校工作的 12 年中，从没有人对我父亲的工作,尤其是品格提出非议的。我父亲一向服从领导,团结群众,颇得同志们钦佩。虽然在运动中,遭致错误的对待,这是当时的政治环境造成的,当其不幸弃世后,党校领导,仍能赐棺木一副。1981年又为其操持平反昭雪,隆重地补开"陈俊同志追悼会"。我想这都是我父生平德行感人,方有如此之结果。

在1968年初,临汾街上施行大游斗,受迫害的革命同志,个个被红卫兵揪住挂牌游街,挂纸牌的、挂钢板的,惨不忍睹。我父亲目睹了这一切,尤其看到他的老同事,原平陆县县长刘煜鼻涕眼泪的,人格尊严惨遭凌辱的恐怖场景,我父亲惊觉了,他预感到,刘煜的今天,就是自己的明天,因此在12月4日,我父亲一整天饮食不进,沉默不语,孰料到了夜间,就穿戴整齐,一赴幽冥了。

这些情况,是1968年12月7日上午,晋南地委党校负责同志向我们介绍的。

我父亲的猝死,在一般人看来是意外,而我们做子女的,还有我的亲人们都不觉突然。

我和我的大妹习英与我父亲相聚的日子较多,所以最了解我父亲的性格,有人以为我父亲的死,原因是胆量太小,我的母亲虽然伤痛得发昏但她依然擦着眼泪一语破的地说:"你爹这人,一生太顾脸面了!"

我知道,父亲选择这条路,是经过反复思想斗争,且早有安排的——事先给二弟习来寄400元建房款足以说明，他宁可舍弃生命，也不愿意清白无辜地任人凌辱。自己人生虽然短暂，但这清清白白的人身，却遭到不清不白地肆意诬陷，他不能容忍了，甚至人格被凌辱，与其人格惨遭凌辱，倒不如了此一生，落个清净。人常说："两害相权就其轻"，在我父亲人生的天平上，将"人格遭凌辱"和"一死了之"，二者相权，毅然决然地选择了后者。不惜以生命的代价挣脱了那个残酷无情的罪恶世界。所以，我对父亲的死，尽管悲伤犹加，但我从心态上，对我父亲的选择是认同的。我的父亲生平洁白无瑕，他选择了"质本洁来还洁去，不教污淖陷渠沟"的归结，说明父亲一生是光明磊落的。

父亲死去已近半个世纪了，但其人品声誉，在亲人中，依然如故。就连七泉村，凡是认识和熟悉我父亲的同龄人，仍然一直坚持认为，我父亲的一生是清白无故的，只不过，严酷的政治气候，不给他生存的缝隙罢了。

人死如灯灭，也可说万事皆休，别人或是怎么评论，嘴巴长在别人的嘴上，笔杆握在别人的手里，千秋功罪任人评说。

正是：生平荣辱皆已矣，

　　　　身后毁誉两由之！

至于那些猖獗一时的跳梁小丑们以及他们的徒子徒孙，久后的历史，自会对他们公证审判，"尔曾身与名俱

69

灭,不废江河万古流！"才是他们的归结。

　　至于我们的国家,从陈旧的桎梏中解脱出来,不屈不挠的中国人民正在敞开思想地飞跃,1976年"文化大革命"结束后,中国人民又一次获得了解放,大作家巴金在《人民日报》上欢畅撰文《第二次解放》,《人民日报》上亦曾发表长文《科学的春天》。几十年来,我们国家由羸弱到富强,已经到了"当惊世界殊"的时代,今天我们在新的党中央正确领导下,正以一日千里的速度为实现中国更富强的梦想夜以继日地奋进着,"沉舟侧畔千帆过,病树前头万木春",我们的飞船正在征服宇宙。世界是美好的,中国会更加美好！

千秋丕范

——缅怀七泉村农会首任武委会主任张守规烈士

一、里巷誉赞

20 世纪 40 年代，七泉村百姓口头流传这样一句话："张家户里有两个才俊：第一个是张守规，另一个是张桐娃。"张桐娃当时虽说只有 20 多岁，却能以品节详明、才思敏捷称誉乡里。而张守规则以凛然正气侠骨柔肠扬名平夏两邑。

单说张守规，通用名云相。宣统庚戌二年（1910 年）出生在一个忠厚传家、世代务农门第。这一年正是孙中山领导的革命即将取得最后胜利的关键之年，更是统治中国近三百年的清王朝行将彻底覆灭的前夜。革命风暴正以摧枯拉朽之势席卷中华大地，中华民国的诞生，是指日可待了。

究其云相本人而言，出生在风起云涌的板荡年月，是一个浴火麟儿。但其门第虽非寒微，却绝够不上朱门世家。可是在战火频仍的离乱年代，又处在穷乡僻壤的山村，能过上衣食无忧的安稳光景，也就堪称人丁兴旺的殷实家户。生活方面，比起那些少地没舍的雇贫佃户，当然会让人企羡。守规尚不更事之时，家里共有老少十几口人,耕种着上岭后洼 60 多亩薄田。有牛驴猪鸡,家畜齐全。还常年雇有一个长工。守规和弟弟守矩,绕膝爷奶跟前,倒也不乏乐趣。

二、早年失怙

常言道,天有不测风云,人有旦夕祸患。守规和守矩,尚未涉足青年,爷奶相继去世。父亲未及半百,骤然染病身亡。偌大家庭,撇给一个孤寒蓥妇郑氏夫人。母子三人相依为命。一大摊不算丰厚的家业,便都搁在郑氏夫人肩上独自承挑。说什么远亲近邻,大多是自顾不暇,谁也帮衬不了谁。

只说这位郑氏夫人,生于光绪丁亥十三年(1887年)。娘家寒微,所以她不曾受过什么文化熏陶,更休提读书写字了。只能说是一个典型的出类拔萃的家庭主妇。持家有道,教子有方,侍公姑无不至孝,睦邻里谁不折服!郑氏夫人外柔而内刚,虽然品德敦厚,但性格却十分倔犟。尤其中年丧夫之后,能以极大的毅力,克制常人难以强忍的悲痛,任劳任怨地承挑理家重担。夫君英年撒手,对张家门户来说,是值中流樯倾楫摧的塌天大祸。老夫人家直面惨淡的家境现实,却表现异常。她不像某些弱息妇女,沉浸在以泪洗面的悲痛苦难中,而是挺身昂首勇往直前。当夫君刚过三年忌日,她便率先脱去守规、守矩弟兄两个

74

的孝服,激励他们挺直腰杆,面对日后生涯。

老夫人性行淑均,颇得人望。对于两个儿子,除让继续就学外, 总能以仁爱慈善施以训诲。她并不懂得什么"孟母遗风,岳母刺字"等烈女贞妇之传说掌故,却常常告诫儿子们诚实乐善,懂得怜贫恤孤的道理。其所言所行,实具侠骨芳心之卓卓仪范。

三、拯救病危

　　有乃母，方有其子。守规、守矩弟兄两人，自幼秉承母教，乐善好施，颇得长者钟爱，老母也心怡神爽。

　　如今且说哥哥守规。为人疏财仗义，与人共事，总能以诚信相示，轻名利而重操守。他有句口头禅："宁失财帛，不失人格"，又说"千金丢失可追讨，一德丧失永难回"。

　　民国二十六年十月，守规虚岁二十八，是年 7 月卢沟桥事变。国民党第二十九军从北平一路溃退南下。可怜堂堂国军几十万，立时鸟兽四散，兵士各自逃命。有一个名叫韩老五的溃兵，辗转沦落到七泉村。由于身患伤寒，兼之几天来水米未进，头天晚上竟倒卧在守规家的牛草屋里。次日黎明守规喂牛，听到呻吟哀哀，发现有人躺在草堆中，急忙上前察看，一摸病人额头，滚烫滚烫。眼看就有毙命之危，啥话也没说，立即将人背进家门。当时，无医无药，守规母子们当务之急，先熬些姜汤给灌下使其发汗。稍过片刻，又忙着做饭。病者用过饭，缓过气来，脸上也有了血色。他才说出自己的名字和身世，并说老家在宁夏，日军侵占华夏,因上峰(指蒋介石)不许抗日,官兵四散各自奔命。自己不敢走官道,只能抄小路挨门讨要,维持生计,林栖沟歇地摸上中条山。本想南渡黄河奔回老家,孰料身染伤寒,阵热阵冷衣食无着,只能强支硬撑。也是几天来未见热汤,实在不指望能活下去,今日遇上恩公一家,上天让我逢见好人,我这骨头不会撂在此地了。说着,眼泪真成了断线珠子,抑止不住地吧嗒吧嗒直往下掉。郑氏母子一方面劝慰,一方面为其安排住处。接下来,延医抓药,粗茶淡饭时时不缺。十几天后,韩老五元气大复。

一日天气晴朗。清晨起来,只见韩老五毕恭毕敬地走到郑老夫人面前,"扑通"一下跪在地上,一连叩了三个响头。守规见到,急忙上前搀起,细究原因。韩老五泣不成声地说,多蒙恩公一家救命,礼当报恩,怎奈孑然只身,有心无力。况且宁夏老家尚有父母妻小。我想天气尚暖,欲待起程返里,特向老夫人和大哥道别。

守规乍一听韩老五要起程归里,忙说:"五弟好傻呀。你光身一条,光靠讨饭,能回宁夏吗?听人说宁夏距此几千里,你身穿这身黄皮(国民党军衣),出村走不了三天,到处抓兵拉伕,你是难以脱身的。何况你囊中空荡,再有什么病灾如何是好,人心皆同,谁不恋家。你要走,我不强留。再宽限两日,我给你预备几个盘缠,外加两件夹衣罩身,我们全家送你出村。"

就这样，又延宕到第三天，守规给韩老五拿上十五块大洋，郑老夫人拿出一身灰色夹袄夹裤。临行之人本当高兴，可是韩老五喉咙里像塞了团棉花，哽哽咽咽连一句囫囵话也说不出来，只能肩挎小包裹，手提干粮袋，挂着一根打狗棍。一步一回头，依依不舍地泪别了张家。

四、恤老怜贫

民国三十四年(1945年)深秋,当时日本鬼子败退不久,灾难中的中国百姓们还没有复苏。距七泉村五里的潭沟山庄,有一年逾花甲又双目失明的孤老头,无儿无女孑然一身,寄居在亲侄张二贵家苟延残年。侄子二贵,自幼顽劣不驯,不务正业。虽说庶务不通,然而吃、喝、嫖、赌、抽,却是无所不沾。几年来将自家一份薄产输卖净尽,竟然偷偷地将年迈亲叔的房地产也抵押了赌债。如今落得叔侄两家上无片瓦挡风遮雨,下无寸土立脚栖身,只能拖家带口地穴居在草庵蜗庐苦混日月。二贵嫌其叔父失去劳动能力,索性一脚踢出家门,只给了一个讨饭的破篮和一根打狗棍,令其"自食其力"。

这事被张守规听说,便翻山涉涧,亲登二贵家,苦口婆心劝说二贵承担起养老之责。谁知这张二贵是一个十足的无赖,绕来绕去,总是一句"养活不起"。守规度量其家,又思虑再三,知道二贵本就不孝,他的亲爹亲娘在世时也屡遭虐待,更别说双目失明且老迈多病的叔父了。再者二贵家境贫寒,自家用度尚属艰难。人说"家徒四壁",

79

而张二贵穷到连"四壁"也没有了。本人平时坑蒙拐骗，不得人心。老婆孩子都是一脸菜色，半身鹑衣。即令他勉强应承养老，老人的身体、年龄都经不住二贵克打。守规有心赡养，怎耐他生性纯孝，并未立即表态，便匆匆回家禀明老母。这位淑德卓立的郑老夫人，爽然答应，并立即催促儿子守规，"还不赶快去迎你叔，等待何时！"守规见母亲如此深明大义，马不停蹄地二返潭沟，将老人迎回本村。

孤独的张老汉到了守规家，俨然由地狱升到天堂，自然乐不可支。守规母子看重老者，全家人谁也不敢怠慢，整日呼叔唤爷地争相伺候着，侍茶端饭从不或缺。天热了，老人在院后梧桐树下摇扇纳凉；天冷了，独坐草厦楼口沐阳取暖。不数月，已是红光扑面，精神矍铄了。老人虽然目瞀，却是心明。他从来不肯闲着，不是剥玉茭便是拐棉线，日子过得舒心极了。这位孤老一直在守规家住了六年，直到 1951 年秋，平安无疾了其终生。

五、投身革命

张守规一家,当时大小十余口人,光子女就八个。又平添一位双目失明的孤老,种着几十亩山坡地。家里虽有老母持家主内,然而地里庄稼及外务杂事,还非得守规自个承担。兄弟守矩,已于民国二十八年亡故,弟妻改嫁。大儿子生华已被他送往前线杀敌御侮。地里活计有政府优抚帮工,照料颇佳,但阖家生计非得守规亲躬不可。连年战乱,百姓本就苦不堪负,加之日军袭扰祁家河整整四年。去年日军败退,人们未得复苏,遍地草寇蜂起。兵匪一家,交相虐民(当时河南尚未解放,中央军扶持土匪常常北渡大河,肆虐百姓)。守规年过而立,正是血气方刚的汉子,早就不甘心过这样浑浑噩噩永无出头的日子,日日夜夜都在憧憬着,有朝一日社会来个沧桑巨变,贫苦百姓得以目睹天光。

1945 年日军投降,家乡解放。共产党领导人民闹翻身,大搞土地革命,实行"耕者有其田"运动。七泉村在土改工作队队长李文高领导下,一直是平陆县的模范村。李文高在村上秘密发展了共产党员,并成立了以王学彦为首的"农民自救协会",简称"农救会"。这真是盘古以来为贫苦农民谋福利的第一个农民政权。王学彦、杨仙海等早期党员干部在秘密发展新党员的同时,积极培养青年激进分子,组织发动贫苦百姓,打土豪分田地。正是阶级斗争异常尖锐复杂的严酷关头,张守规刚勇果决地投进党的怀抱,义无反顾地献身革命事业,事无巨细,为革命处处起模范带头作用。

守规家庭是富裕中农,他率先响应农会号召,将自家土地献佃一大部分,让缺地户得以分享,又主动辞退佣工,开始过起自劳自食的新生活。

1946 年 6 月,蒋介石甘冒天下之大不韪,单方撕毁国共两党在重庆签署的"双十协定",疯狂发动反共高潮。国共两党便在鄂豫皖边界交火。当时,敌我势力天壤悬殊。当我前方急需补充兵员之机,张守规率先垂范,第一个将长子张生华送上抗击顽伪的最前线,并一再叮嘱儿子:"不打垮蒋介石反动派,就别进家门!"

由于守规父子的豪言壮语,以及凛然不惧的模范行为,感召了全村百姓,村政府胜利地完成了征兵支前任务。七泉村无论是土地改革,还是征兵支前,都未辜负上级期望。1946 年初,一个不足五百丁口的山村,竟能雨后春笋般地涌现出祁临水、陈文明、杨吉娃等多名热血男儿挺身赴前。在党的正确领导下,七泉村"农救会"积极配合平陆县农村工作队,模范地完成了征兵支前任务。村政府受到县政府特别嘉奖,三区政府也因此大受表彰。

由于张守规表现突出,在农会扩大成员时,尽管其出身上中农,还是被特别吸收为农会成员,并委以七泉村政府首任武装委员会主任之要职。直接率领新生的农民武装力量,发展和壮大民兵组织,成立儿童团,组织人们站岗放哨。外防匪寇入侵,内查奸特破坏,全面负责村上的治安保卫工作。

六、险象环视

　　1946年,国际形势风起云涌,国内形势尤其复杂尖锐。蒋介石甘冒天下之大不韪，背信弃义，单方面撕毁1945年10月10日国共两党在重庆签署的"双十协定"，又一次破坏国共合作,悍然发动反共高潮。当时蒋介石掌握着号称800万美式武装的顽伪势力，而我方只有100余万小米加步枪的武装力量。究竟谁胜谁负,甭说一般平民布衣不敢料定,即使一些达官显贵,甚至部分耆老名流也是彷徨难测的。从人的心态上讲,天平还倾斜在敌伪一方。尤其国统区的,更是这样想。无论前方后方,敌我拉锯,错综复杂到不堪设想。全国4/5的版图尚属蒋军盘踞,共产党人仅有延安等几个零散弹丸根据地。蒋介石统治近20年,反动势力盘根错节,面对羽翼未丰的共产党,连年征剿,大有"黑云压城城欲摧"之势,妄图将革命扼死胎中,反动民团、顽伪游匪也伺机蜂起。我党斗争形势之艰险也就不言而喻了。

　　单就七泉村而言，地处中条山南麓黄河之阳的一个山坳里。虽然偏僻,却是个垣曲、平陆、夏县接境壤界的冲要隘口,隔河与河南相望,距主村仅有二十几里的黄河两岸,就暗藏着三股土匪,狼顾虎视地威胁着七泉新生的农民政权。

第一股,七泉村管辖的自然山村王家滩,匪首柴天喜、张龙娃网罗一伙歹徒,裹胁着几个无业游民,只不过几十号人七八条枪。凭借着黄河天险,茂林恶涧,像一群无头苍蝇东撞西蹿。几个头目配有长短武器,喽啰们大多手持棍棒防身壮胆。虽说穿林涉涧不次猿猱,却一个个不知死活地干着插标卖首的罪恶勾当。匪首自知势力不济,便勾结垣曲、河南两股土匪,借胆壮威,杀人放火,掠财抢物,矛头直指我新生政权。并不时抓丁拉夫扩充土匪实力。因缺枪少弹,相当一伙亡命小匪便棒不离手的作为护身法宝。论其实力,不足为甚,但为祸一方却不容小觑。平陆县独立营,三区区干队,以及平陆、夏县两县联村民兵,亦曾出兵追剿,怎奈匪徒们凭借河山优势,我方每每棒打跳蚤,少有斩获。

另一股匪徒,蜗居在距七泉村 20 余华里的垣曲县五福涧村。惯匪刘汉山、韩文军为首,网罗一伙山贼河鬼和地痞流氓 60 余人。还经常大言不惭地自吹,有陈少艇、王庆元两名"神枪手",云称有枪打飞鸟的本领。说穿了,只不过是夜过坟茔吹口哨——给自己壮胆而已。这伙土匪倒有几十条破枪,但多是锈迹斑驳的"老套筒"或"汉阳造"。就这,也难得人手一支。仍然夹带不少棍棒,老百姓轻蔑地称以上两股草寇为"棍棒匪"。两匪巢穴仅有一条小溪之隔,常常表里勾连,狼狈为奸,轮番袭扰七泉周围各村。

第三股是盘踞在河南渑池县北山的徐匪世荣。凭借着河南未被解放,依赖尚在顽固挣扎的国民党军队提供器械。倒是个个武器长短齐备。与柴、刘二匪隔河相望。当时没有电信设施,仅凭徒口呼喊便可替代无绳电话。南北蹿扰,互相接应,四下抢粮逼款,抓差拉夫,为祸大河两岸,百姓遭罪,苦不堪言。

张守规身为武委主任,责无旁贷地站在对敌斗争的风口浪尖上。匪徒们当然将他的名字最先列入其残害名单。每次来村上袭扰,都要细搜张守规家,终因群众掩护巧妙,干部藏身隐蔽,匪徒未能得手。

1946年中条山上,土改斗争进行得如火如荼,各个村庄斗恶霸,打土豪,分田地,清浮财,实行减租减息,大搞"耕者有其田"运动。加之拥军支前工作,搞得热火朝天。七泉村因地瘠民贫,划成分时,最高的只有两户富农,皆属安分。但有几个日伪汉奸,恶霸土豪,被斗争,被关押,甚至扫地出门。有不少挨斗户被封锁门户,清理其浮财。总归,贫下中农占绝大多数。

革命斗争,不是请客吃饭,而是你死我活的斗争。因此就严重触动了阶级敌人的经济利益。有个别极端恶徒，错误地估计形势，梦想变天。不思悔罪，反而变本加厉地仇视革命群众，把矛头集中在农会干部身上。他们怀着狂妄的复仇心理，伺机卷土重来，日思夜想重新夺回其非法财产。七泉村被斗对象杨云山、王老三，革命叛徒杨全年，便趁着夜黑风高携家带口地蹿到王家滩投奔柴匪。另有一些地痞流氓二流子，身未离村，却心仪匪寇，像前面所提张家二贵便是。他们甘当贼人眼线，用尽各种卑劣伎俩，给土匪通风报信。将干部名单及胜利果实既得户不时报给匪首，以期反动势力卷土重来。

七、严惩汉奸

　　1946年农历三月初九，尚是乍暖还寒的早春时节，此日阴风怒号。去年被我军抓获的本村头号日伪汉奸张云确，几天前由平陆县公安局押解回村，将于此日在七泉村召开群众大会，惩处张云确。

　　张云确，是窃冒人名的社会渣滓，民族败类，20多岁，投靠日军，认贼作父，甘当汉奸，杀人作恶，民愤极大。前些天被押解回村，关押在祠堂。佛佑村的苦主们，曾对其过堂审讯。当时大棒，压杆，好让张云确饱尝了一顿，哭娘喊爹地拉了一裤子。

　　今天，斗争大会会场设在村前一片空旷平地。周围站满了七泉、西北庄、东北庄、交泉等邻村的男女老少及各村小学生。七泉村"国立民生小学"100多名学生，在教师杨受益先生的率领下，排列着整齐的长队，个个手执"打倒汉奸张云确"的纸旗高喊口号进场。张守规率领几十个荷枪实弹的民兵，雄赳赳地监守在群众外围，负责治安保卫工作。

　　会场中央，空无他物，却有一堆棍棒，这是专为汉奸张云确准备的"大餐"。

约 10 点钟，大汉奸张云确游村归来。四个全副武装的民兵，押解着头戴三尺高帽，五花大绑，满脸土色的张云确进入会场。纸扎高帽上，醒目地闪着"打倒汉奸张云确"七个大字——这是革命群众临时赏给日伪汉奸的特殊"冠冕"。

张云确一进会场，第一眼看到的是专门给他预备的一堆大棒，止不住身子瑟瑟发抖。好在，张云确两个臂膀由民兵架着，不曾跪下。

首先，张守规维持好略显骚乱的群众场面。一声喝令，止住了杂乱无绪的喧嚣声。接着农会主席王学彦宣布群众诉苦申冤开始。

最具苦大仇深的苦主有两家。第一家是兑山村妇女胡翠英。另一家是当时窑泉村管辖的路坪山庄杨六朵。

胡翠英娘家在佛佑村，初嫁兑山村王平喜为妻，完婚不足一年，时值日军占领祁家河地面。

1944 年，胡翠英的丈夫王平喜，被日伪强行胁迫在东北庄村前岭岗楼上给日伪做饭。汉奸张云确馋涎年轻貌美的胡翠英，欲纳为妾。便诬陷其夫王平喜有抗日嫌疑，向祁家河日伪维持会告密。维持会会长张同文偏听张云确对王平喜"莫须有"罪名的构陷，便派大汉奸杀人魔头文刘平在东北岭岗楼上杀害了王平喜。张云确急不可耐地便要霸占胡翠英。胡翠英年过二十,性格刚烈,宁死不从,破口叫骂。张云确的大小老婆也是吵闹不休,鸡飞狗跳,家无宁日。张云确眼睁睁看着胡氏难得到手,便索性一不做二不休,将胡翠英卖往平陆郭原村,孝敬大汉奸文治业,给文治业的傻哥哥当老婆。胡翠英被抢那天,汉奸们兵临七泉村,红装罩孝的胡翠英叫骂哭闹,不肯上马。王平喜的老父也在撕扯哭闹。张云确一怒之下将王平喜的老父锁进房中。几个伪军强拉硬绑地将胡氏推上马背。解放后,泗交唐回完小校长编演一出《新三上轿》,曾在泰山庙上演,原本于此。

1945 年,日军败退,汉奸们失去靠山。是年 6 月,胡翠英的干妈陈六英,干哥王法安二人,徒步 60 余里才将胡翠英从郭原村拉出火坑,重回七泉村得见亲人。不久,胡翠英改嫁给山尖头村周法云为妻。

另一个苦主是杨六朵。其胞兄杨六金系我抗日康支队战士。因回家探亲,被张云确抓获,并送到祁家河交日本人杀害。

接着,不少人出面申诉。有控斥张云确放火拆房的,也有骂其淫人妻女的,更有甚者,指控他帮日军遍村搜寻"花姑娘"。至于替日军抓差拉伕,打骂苦力,骚扰百姓,则是家常便饭。

苦主们个个长泪短泪地哭诉以毕,张云确自知罪孽深重,民愤极大,在铁的事实面前,绝不是轻描淡写的三两句"坦白"会得到"从宽"。只见他将狰狞的狗眼翻了两番,本就歪斜的鼻子抽了几抽,言不由衷地说:"以前都是我的错,我全都认罪,对不起乡亲们,我给大家叩头。"说着,"扑通"一下跪倒在胡、杨二妇人面前。殊不知这一跪,更激起了群众的愤怒。胡、杨二氏最先擂起复仇大棒,照准张云确本人劈头盖脸大打起来。

胡、杨二氏早有准备。胡翠英手执虎口粗、六尺多长的一柄满身疙瘌的枣木狼牙大棒。一棒打下去,即使云确不毙命,也得叫他伤筋断骨,何况怀着杀夫破家的深仇大恨呢!杨六朵的武器尤其玄乎——乃是一根直径两厘米,五尺多长的钢筋棒,若说它是《水浒传》里孙二娘的"水火棍",一点也不过分。何况棍的一头还专打了个大弯钩,把它比作金枪手徐宁的"钩镰枪",或许更为贴切。

再说汉奸张云确万没想到劈头盖脸的棍棒,竟然暴风骤雨般地打在他身上,不少群众也擂起大棒,像打困兽一样混打起来。只听"噗噗啪啪"棍棒声混成一片。

张云确,双臂反绑,没手护头挡脸。只会杀猪似的嚎叫"亲妈呀,亲爹呀"地乱喊一气。不少人说:"现在喊'亲爷爷,亲奶奶'也晚了,你为非作恶时候想不到会有今天吧!"

张云确上身被五花大绑,但腿脚还能自由。他实在承受不了这索命的"大餐",便滚了起来,慌不择径地冲出人围,没命地逃窜。刚跑出几十步,就被平陆三区下乡的两名干部迎头撞上,便拽上捆汉奸的绳索。张守规率领民兵也追赶上,死拉硬拽将汉奸倒拖回会场。张云确一跑,无异给愤怒的群众火上浇油,"打死汉奸张云确"的口号震得树叶直抖。胡、杨二氏再整旗鼓,重新开打。"狼牙棒"和"钩镰枪"擂起来十分解恨。张云确的棉袄棉裤,此时飘絮乱飞。本人已完全失去知觉,凭你怎样连打带钩,他几乎成了死猪,不护痛,不求饶,只是偶然四肢还轻微抽搐。鼻孔尚有悠气,说明人没完全死去。

小学生们,因年龄太小,在这种场合,多数不曾动手。偏有一个未满 10 岁的儿童团员,铆足气力,扛了一块西瓜大的花岗石,照准待毙的汉奸脸上砸去,汉奸眉头上立时现了个大窟窿,却不见有血可流了。

会场上连诉带打,足有两个时辰,验明汉奸张云确的确毙命,群众才解散。

到了天黑,斗争会场早已空荡无人。只有张云确的尸体孤零零地歪斜着。夜阑,朦胧中被几个本家人搬走了。场里场外,棍棒杂着棉絮。"汉奸张云确"永远被钉在了历史的耻辱柱上。

八、清财斗霸

张云确死了,村上又相继斗了几户豪绅恶霸。

首当其冲的杨云山,当过日伪维持会会长。本人虽无命案,但身为村维持会会长,凭借职权,敲诈勒索,克扣百姓,霸占民房是常有的。被斗那天,受害村民冲进杨云山家,将其箱笼衣被全部搜出,摔在祠堂当院。杨云山被捆绑在大柏树上,面对苦主们的申诉,无不承担,并满口答应全部赔偿,决无怨言。

由于杨云山口齿狡诈,此日未曾挨棒。第二天,他家宰猪磨麦,安席设宴,邀请七泉全村百姓进餐。

中午时分,杨云山由两名荷枪民兵押解到席口。只见他双手执一张"悔罪书",面向群众跪在当院,哀哀连声地向全体村民赔情道歉,表示"悔罪"、"痛改前非"。

杨云山念完"悔罪书",还向村民们连叩三个响头,骗得村民暂时谅解,仍然由民兵押出席场。

次日,杨云山真的"言行必果"地搬迁出曾霸占的王学彦的宅院,又挨门逐户地赔退了克剥穷人的财产。从此,一家真要过上"安分守己"的新生活了。

还有一些豪绅们，依其作恶情节分等，有被斗的，有封门清财的，多数交出了浮财。但也有少数被斗户，不触及皮肉，的确难以奏效。

财主王老三家有浮财，农会早已对其了如指掌。但他一口咬定，浮财早被日伪抢光，现在家徒四壁了。

武委主任张守规指令民兵，将其绳捆索拉地推进老宅院。一个民兵擂起棍棒，照他臀部狠揍三棍，他便杀猪似的求饶，当即交代了藏在东房梁上的几十枚大洋。一再保证绝对没有了。一个民兵又抡起棍子尚未落下，他知道硬抗不过，软磨没用。连连求告甭打，"院外驴圈还有。"

民兵们在驴圈牲口槽下又挖出一瓷罐大洋，总有百十枚。当再逼问时，王老三对天发誓，保证"确确实实交代完了"。民兵见他态度狡诈，又擂起大棍棒狠揍几下，王老三滚在地上哭爹喊娘乱叫。度量实在抗拒不过，只得交代了，藏在大桑坳王家祖坟中的一大瓦罐光洋。一挤一宗，基本上将村上浮财清理光了。

九、"落水狗"上岸

汉奸镇压了,恶霸劣绅清算了。树欲静而风不止,被斗户未必个个心胸平静。像杨云山"悔罪书"当众宣读了,但本人并未悔罪,更谈不上什么自新。白纸黑字只是自欺欺人的冠冕文字,而阶级敌人的内心世界却难以洞察。

1946 年,七泉村对敌斗争的第一个回合尚未取得彻底胜利,挨斗户杨云山、王老三死而不僵,在村上仅仅蛰伏了短暂几天,便蠢蠢欲动,开始重操旧伎,伺机进行反扑。

有一个名叫杨全年的,是个破落户,混入革命队伍,假装积极。因嫌分得房地少,贪得无厌地抢占不到。便暗通柴匪,又勾结杨云山、王老三,趁一个风高夜黑,三家老少,窜奔王家滩匪巢。还有个别不曾离村的阶级异己,心仪匪寇。这些怙恶不悛的家伙,明里披着人皮,暗里干着鬼蜮勾当,甘做敌人眼线。借拾柴、放牧空隙,为土匪通风报信。匪首得信,便三天两日地来村劫掠。每次袭扰,总是指名道姓,抓捕农会干部。抢粮食,夺牛驴,还专抢胜利果实。由于社会动荡不安,百姓们难得一日安生。张守规率

95

领民兵,联合西北庄武装力量,配合平陆县独立营和第三区区干队,曾多次与匪徒较量,而匪徒有恃无恐,一直未被彻底剿灭。敌我双方互有伤亡。

1946 年夏,垣曲五福涧悍匪偷袭七泉一带,来势凶猛,抢掠烧杀无恶不作,连村民身上的衣裤也剥光抢走。土匪未抓到干部,抢粮拉畜不曾少得。因联村民兵堵住匪徒退路,加之匪徒贪财负载超重,在人生地疏的山涧羊肠,撤逃不力,难免有落队者。

有两个喽啰,肩扛粮袋,合伙抢拉一头犍牛未追上大队。守规率领民兵紧追不舍,一个小匪饮弹毙命,另一个慌不择径,连人带粮摔下山崖,被民兵抓获。小匪被麻绳紧缚,牵往西北庄看押。

如果说往日剿匪时有徒劳,那么这一次由于联村合力,却御贼致果。

再说押往西北庄的小匪,关押在前坪段宗汉家院内西屋。几名民兵轮番看守,小匪吓得日夜啼哭,足有两天水米不进。他心里明白,当时百姓对土匪恨之入骨,将其扒皮抽筋未必解恨。他家又在垣曲县,犯境侵扰,要想生还绝对是梦想。一天深夜,趁民兵看守疏漏,窃取手榴弹一枚,夹在胯下拉响火线,连身带魂飞上西天。

刘汉山、韩文军,这一次偷鸡不成,反连伤两名喽啰,匪徒家属哭闹不休,匪首很伤脑筋。

匪徒们日夜伺机报复,暗暗通过内线,搜集七泉村情报。不久,便掌握了七泉村干部信息,农会主席王学彦,副主席杨仙海,武委主任张守规,都列在土匪抓捕的黑名单榜首。只因当时干部们藏匿秘密,活动机动灵活,村民们加强掩护,匪徒总难得手。

十、夜半喋血

1946 年农历九月十五日，百姓们正在收秋种麦。是夜月朗星稀，柴匪得到细作密报，夜间农会干部集中开会，只是会址不详。柴匪知道这是个抓捕农会干部的难得之机，有心偷袭七泉村，自知势力单薄。正踌躇间，杨云山、杨全年二人极力怂恿，柴匪终于作了决断，立即将消息传给垣曲刘匪汉山。柴、刘联手，不下百十人，定更时分，便将七泉村周围围了个水泄不通。夜深人静，百姓毫无觉察。匪徒们悄悄将干部们回家的路口把守严实。本来天气晴朗，月明如昼，不想子夜时分，恶云袭月，大地顿时一片朦胧。匪徒们正好借着夜幕掩饰，人不知鬼不惊地埋藏在各重要隘口。张守规回家必经的王家碾道大槐树背后，便藏匿了王庆元、陈少艇两名垣曲悍匪。

当夜，干部们在一个机密的地点开会，研究部署对敌斗争工作。夜阑人静方才散会。干部们三三两两各自回家。张守规同往日一样，从容不迫地踏着朦胧月影，沿着祠堂东墙根的石径，一步高一步低地往家走着。也许心情激动，正在回味着会上内容。张守规刚刚绕过石碾，离大槐树不过十步之遥,蓦地,夜空飞来"谁?"的一声,张守规猝不及防,下意识地,像平时一样,洪钟大吕地"我,张守规!"干嘣清脆,震慑夜空,刹那间,"砰"的一声枪响,守规腹腔饮弹。这是匪徒王庆元极具罪恶的一枪。守规不顾命地高喊一声"有土匪!",便倒在了血泊之中。

当时形势恶劣,环境复杂,不明枪声时有发生。村上应该有人听到枪声,只是没有在意。只有干部们警觉,立即疏散隐蔽,根本想不到守规中弹之事。匪徒们不曾抓到干部,便立即逃窜得无影无踪了。

再说身受重伤的守规,一手捂住伤口,强忍剧痛,还喊了两声"救人",终因气力不济,不曾得到回应。他已失血过多,筋疲力尽,站不起身。他怕惊吓老母,不肯回家,只能寸步艰难地爬到三叔草屋,蜷曲在草堆呻吟连连。到底还是惊动了在后院熟睡的三叔。三叔打火披衣,走进草屋,见是侄儿守规,不免惊恐万分。欲待报信守规老母,守规摇头摆手多方乞求别告老母。反而要三叔赶快把情况告诉农会干部,要他们多加防范。三叔含泪答应。延宕至五鼓,眼看侄儿奄奄一息,三叔打发人告诉守规家人。守规妻子杨氏,三步并作两步奔到现场,可怜守规连一句囫囵话也未能说成,只和妻子杨氏见了最后一面,守规就溘然长逝。

这一天,是 1946 年 9 月 16 日!这一年,他才步入 37 岁。

十一、全民公祭

张守规的死,是七泉村新建农民政权之重大损失。村农救会因痛失勋臣悍将,特定于 1946 年 9 月 18 日,开天辟地地为守规之死,举行了全民公祭仪式。

祭祀灵堂,设在农会主席王学彦院落之北大厅——这是一所刚从村霸杨云山手中夺回的胜利果实主房。因当时条件简陋,灵堂布置非常简单。既无亡灵遗像悬挂,亦无花圈纸扎陈列。厅堂正位面南,有一灵牌上墨写着"张守规同志之灵位"八个大字。半空扯有一条黑布长幅,醒目地写着"张守规同志公祭典礼"九个大字。灵前摆设几碟时新蔬果,香案前堆放几叠冥洋锡帛,几把檀香,一叠黄表。尽管简单,却不失庄严肃穆。整个大厅,香烟缭绕,除了哀默气氛笼罩,真就鸦雀无声了。

早饭过后,村民们不约而同地聚集到守规灵堂前庭院。农会主席王学彦率领农会男女干部,率先公祭。干部们个个面现哀忧,长跪灵前。主祭洒洒三爵,拈香焚表,三叩首,礼毕。

随后,全村几百户,大人小孩络绎不绝,人人含悲带忿,个个面笼愁云。没有专人组织,但都能自觉而秩序井然地挨肩接踵步入大厅致祭。老天爷阴沉着,同村民们悲情一样,哭丧着,呈现出一幅沉重难抑的脸色。四野蒙蒙,泪雨绵绵。天人同悲的氛围笼罩着厅院,也笼罩着村里村外。

有两位年逾古稀的老人,相互扶将,步履蹒跚地走进西南角的院门。老奶奶手执冥洋,老爷爷手持檀香。因悲痛难抑,离灵堂尚远,便声嘶泪滚地哭出声来,口中喃喃有词地喊着"云相,云相!",干部们深恐二老经不住过度悲伤刺激,两个男女,急忙上前,搀扶劝解二老节哀顺变。两位老者来到灵堂,点燃香表,眼盯守规灵牌凝视片刻,又悲痛难抑地失声痛哭,引得厅内所有人放声陪哭。干部们一手擦着眼泪,一手扶着二老步出灵堂,走下三层石阶。二老仍然一步一回头,步履艰难地消失在濛濛细雨中。

有一位年届三十的小脚妇人, 手拉一个七八岁的男孩。因天雨路滑,在灵堂门外上石阶时小孩跌倒,将手中拿的一把檀香摔断。妈妈气急,打了孩子一巴掌。干部们上前拉起小孩,劝住妇人。妇人还是拉着男孩,走到张守规灵前,和男孩一起面向灵牌跪拜致祭。礼毕,眼含热泪,拉着男孩走出大门。

接下来,村民们三三两两前来,拈香焚表,奉献供品,不一而举。

随后，西北庄农会代表来祭。又有临村亲朋致祭者，更有激于公义前来哀悼者。仪式一直延续到未牌时分，估摸着该来的都来过了，全村公祭，才算结束。

十二、千秋丕范

七泉村一颗将星陨落了。

一代英贤张守规同志，一生活得坦坦荡荡、轰轰烈烈，却悄然无闻地离开人间。其革命生涯不过两年，谈不上什么丰功伟绩。对家庭没留下什么丰厚家私；对社会，也未传下处世格言。他只不过是生活在中条山上，一个闾阎陋巷中一介草根而已。人常说，"人死如灯灭"。随着年月流失，生者对逝者的悲哀终会由淡漠到最后消失。但张守规却太例外了。他的"灯"永远不曾熄灭！他的死，不只震撼了偌大一个七泉村，甚至震惊了平、夏两县邻村全民为其追悼公祭。这在村史上为公祭革命先烈开了先河！"千秋丕范张守规"是人们心目中永远的丰碑。

人死距今近 70 年，新中国成立后，七泉村历届当政执事，无不对其缅怀耿耿。尤其那些曾与张守规生前共事的耆年勋旧，更有不少受张守规亲聆指挥的民兵们，至今皆已寥若晨星。即有幸存，也已齿没鬓霜。但每每念及未能为张守规等为革命贡献生命的死难先烈，树碑立表，而喟叹不已。

103

新中国成立已过花甲之年，曾在抗日解放战争中捐躯的先烈遗骸，庶几早已化归大地，肥沃劲草了。可是，英烈们的浩气长存，激励人心，永志不忘！

2010 年 10 月，七泉村党委、村委，顺应全民意愿，断然斥资，将张守规等多位先烈轶事付诸碑刻，并筹办了"烈士纪念堂"。终使英灵有归，烈士精神有传，启迪后人抚今追昔，励志图强。

有人写了四句赞语："条山苍苍，大河洋洋。烈士精神，千古流芳！"

这正应了一位外国人的名言："衡量人生的价值，不在时间，而在深度！"

十三、匪徒反扑

张守规罹难，敌人阴谋一时得逞。俟后，杨云山、杨全年二人为了得到柴匪青睐，便在匪窟中继续煽阴风点鬼火，频频勾结隐藏在村上的敌特内奸变本加厉地猖狂活动。大河两岸三股土匪交相偷袭七泉一带。

当时，我军前方战事吃紧，无暇理睬这些山野蟊贼，匪徒们便蛇鼠成精。从1946年冬到1947年春，频频窜扰，有几次，竟然胆大妄为地越过祁家河，劫掠祁家坡西山头一带。专门抓捕各村农会干部，攫取胜利果实。各村干部们像打游击一样，东藏西隐，流动办公。干部家属们难在村上安居，不少户投亲奔友，暂居东庄、西庄、奇峰等村。

有一次，奸特内鬼向匪徒报信。刘汉山、柴天喜二匪互相勾连，围袭七泉村，深夜合围东西两山。干部们安顿百姓坚壁清野，疏散躲藏。叵耐二匪合股，借着人多势众，有恃无恐地将村前村后两大要口封锁了个严严实实。匪徒们进村搜、抢、抓捕，挨门过户地筛搜，甚至山野草庐也不放过。"中山狼"杨全年地理环境熟悉，哪有洞穴，哪有窖藏,他都清楚。农会副主席杨仙海,主席王学彦,二人藏匿不深。尤其王学彦腿瘸,行走不便,可怜二人均未幸免。被柴、刘二匪五花大绑掳至王家滩匪窟。王学彦、杨仙海二人宁死不屈,叫骂不绝。柴匪将王学彦沉入黄河。杨仙海被打进地窖,以巨石枣刺压口,还派小匪日夜不离看守,关押长达数月,直至1947年盛夏,我解放军五十八团横扫匪巢,杨仙海才被解放回村。但本人已终身痴呆,再也无缘革命工作。

这都是张守规死后几个月发生的事。

十四、后继佼佼

20世纪60年代张守规烈士之三子张生美(左下)与本文作者合影

从1946年9月到1947年春末,仅只半年时间,七泉村农会相继损失三大股肱。新生政权虽说惨遭重创,但革命自有后来人。星星之火不仅扑不灭,而且越烧越旺。后继者杨景昀、杨双恩,在党的英明领导下,重整旗鼓,更加坚定有力地捶敲着蒋家王朝覆灭前夕的丧钟!

如今再单说张守规身后。守规一死,是革命的损失,对其家庭来说,简直塌了一重天!家里当即乱了套。

守规共有五男三女,加上老母妻小十余口,撇在花甲老母一人面前。

然而，张守规的母亲郑老夫人，真不愧为英雄母亲。老年丧子，虽然令她悲痛，却不气馁。伤心，而不灰心！她勇挑理家重担，率领孙辈们共同创业，彰显出一股巾帼英气！

长孙生华，在我军前线服役，任八纵二十四旅副指导员，常年在外。孙媳祁氏年纪虽轻，却裹着三寸金莲，不迈大门。老夫人唯一居长的孙子是13岁的生美。

张生美，生于1933年，少年英俊，不畏艰难。竟然能将举家的农活及外务杂事一并承挑在肩。不叫苦，不喊累，不灰心，不泄气。其父亲守规生前的刚健英气，几乎无不体现在这个儿子身上。

至于孺人杨氏，未满不惑，但生性内向，骤然承受不了壮年丧夫之痛，当即失去了聪明睿智，一时变得木讷痴呆，惑于家务，简直与往日判若两人。对一应事务，淡漠到不闻不问，无异于鲁迅笔下的晚年祥林嫂，所幸的是儿女双全。

只有老母郑老夫人，像"佘太君"一样，暮年"挂帅"，指点着初谙世故的孙子生美，调理家庭日常用度。举家十余口衣着鞋袜，则领着孙媳、孙女们灯下操劳。最小的孙子全义尚在襁褓，再加一个双目失明的老爷爷。举家生计之艰，就不言而喻了。

战争年代，解放军在前方浴血奋战，却从无后顾之忧。

当时人民政府十分重视拥军优属工作,无论抗属、军属、烈属、干属之家,村政府事无巨细,对其家庭各样活计,总要安排得无可挑剔。像守规一家,既是烈属,又是军属,政府对其优抚更为周详。

尽管政府多方优抚,可是庄户人家事务繁多,牛、驴喂养,犁、耧调理,还离不开主家操心。别看生美仅仅只13岁,地里、家里,杂务独当。干起庄稼活,颇有一股狠劲。披星出,戴月归,呈现出弄潮踏浪的刚烈个性。村上长者无不夸赞,生美真有乃父遗风。

生美15岁, 就能扶犁掌耙;17岁学会摇耧撒籽,简单农活可独立操作。

1949年农历正月, 生美16岁。父亲三年忌日未满时,与同龄女子段氏兰英完婚。

由于世道不宁,家庭遭变,生美一生无缘享受正规的文化教育。可他却一味铆劲地把心血花在四义、全义两个兄弟身上,决心让两个兄弟识字断文,出人头地。

生美本人,做梦也想多认几个字。在百忙中,曾三天打鱼、两天晒网地半耕半读过几天小学。可怜他不久便因家务繁忙,辍学务农了。世道浇漓,国民多难,1949年,凶信抵家,大哥生华牺牲于太原小店战役。两个姐姐皆因婚姻不幸而寄居娘家。1950年孀嫂祁氏另适他门。家里针浆缝补重担，落在了祖母郑氏和少妻兰英肩上。生计坎坷，生产条件恶劣。生美一头扎进农活，山路崎岖，肩背挑担，举步维艰。压得他未成年便弓腰驼背，率先见衰。直到生命终止，都不曾直起腰杆。

1950年后，大姐、二姐再婚，小妹出阁，两弟上学。宗宗件件，都靠他一人打理。因生计所迫，他参加了供销社工作。尽管月收入旧币十几万（折合新币十几元）的微薄薪资，但对油尽灯干的举家开支，毕竟能解燃眉之急。将工资几个钱一掰两半地省用，力支两个兄弟求学深造。他曾经盟誓："张家门里从未出过大学生，我一定把两个兄弟供成大学生！"

这两个兄弟，也的确聪敏过人。一点也不辜负乃兄的苦心造就。四弟四义，1956年在夏县初中毕业，当年以优异成绩被西安地质学校录取，专攻地质专业，直到毕业，分配在地质队工作。

单说五弟全义，其聪明好学，在其弟兄中是出格顶尖的。晋朝有个叫谢灵运的，曾品评曹子建的才华，说"天下之才共有一石，而曹子建独占八斗！"我敢借名人名言，斗胆私评张门，弟兄五人的才智共有一石，而全义一人竟独揽八斗！

1958年，祁家河成立初中，张全义便轻车驾熟地高分登科。入校后，在班上考试成绩总是名列前茅。

全义学习成绩优异,生美供给便分外起劲。为了兑现"供大学生"的诺言,能使兄弟更好地接受文化教育,他从不顾惜后勤支柱。既耗尽了心力,更绞尽了脑汁。

哥哥生美千方百计地想让弟弟全义升入重点中学。1960年腊尽,他托亲告友,广走门路,历经百般周折,终于将正在公社初中二年级学习的小兄弟全义,转送到名冠晋南的名牌中学"临汾一中"就读。试想,这是多么难迈的一道坎啊!可是,为了兄弟深造,做哥哥的生美,不惜任何代价,硬是冲过了。

五弟全义就读"临汾一中",仍然保持了以往的优异成绩。当时临一中同一个年级共六个班。在全年级300多名学生中,每次考试"张全义"的名字,总是徘徊在前三名之间,从未落过后。

然而,1962年,当他踌躇满志地将要步入高中门槛,憧憬着迈向大学的理想学府之际,张全义,断然决定,响应国家号召——诸多条件无不全优地被征召入伍了。

这本来是奠定全义一生命运的大喜事,也是当时适龄青年求之不得的理想。一般人看来,荣幸极了。可是乃兄生美,脑子一时扭不过弯来,短时间表现得抑郁寡欢。他多年来为兄弟设计的升学蓝图成了废纸一张,总是喟叹不已。毕竟他不愧为守规的好儿子,不久他就欣然接受了。

1959 年秋，四弟四义中专毕业，分配工作，有了收入，家庭负担骤然减轻。几年后五弟全义转业地方工作。从此弟兄三人，拧成一股，顾家成业。兄弟相处无间，兄爱弟敬，齐心协力孝敬奶奶，奉养寡母。家庭生活，其乐融融。继而，两个弟弟陆续成家，直到各自分居，做兄长的才算长舒一口气——总算不负父母遗愿！

　　追暮大哥生华，牺牲在太原小店。一直尸骨未还，这肯定是父母的一大心结，也是弟弟们的莫大遗憾。

　　为使大哥魂归祖茔，1960 年生美曾远行千里，亲临太原搬领大哥张生华骨殖，可是当年战乱时节，部队调迁频繁，信息匮乏，资料欠详，未能查到骸骨，只好两手空空地抱憾返回七泉村。

　　老祖母郑老夫人，老母杨氏，含悲负累终生，乐看家业重旺，四世同堂，无不欣喜。20 世纪 80 年代，都以高龄耆老，无疾而终。

　　唯有生美，为了实现父母遗愿，为了振兴家业，舍弃了终生幸福，舍弃了就学良机，累坏腰胯，压弯脊梁，呕心沥血操累终生。1976 年岁值丙辰，新中国终于挣脱出十年浩劫的桎梏，从此力求更生。伟人邓小平，力掌国柄，拨乱反正，使得中国人民又一次获得解放，奔上小康之路。

　　操劳一生的生美，两男两女，儿孙绕膝，该过上养尊处优的幸福生活了,孰料天不假年,1987年9月16日未时因脑溢血,抢救不果,长眠在大队保健站。享年只55岁。

说起来,天缘无不巧合。41年前的9月16日,乃父张守规烈士合目在其三叔的驴圈草屋,了其光荣一生;41年后,又值9月16日,仍是同一地点,其子张生美又合目于此。只不过,原来三叔的草屋,如今改建成大队的保健站罢了。

光阴荏苒,守规牺牲已经68年。他为革命洒了热血,肥了劲草。其精神永远激励着千千万万不屈的人们,更加坚定了对敌斗争的决心和信心。

其子孙们,继承先烈遗志,在祖国建设的各个岗位上,都作出了不凡的贡献,没有一个有辱祖宗清名的。

十五、土匪覆灭

山中无老虎,猴子称大王。

20世纪40年代,一个个獐眉鼠目的匪徒们,像秋后蚂蚱,仅仅蹦跶了两年,因作恶多端,激起天人共愤。

1947年春,垣曲五福涧的刘、韩匪股,被我六团滚汤灌鼠,灭了个干干净净,匪首刘汉山、韩文军等均被抓获,被我垣曲县人民政府公判枪决。悍匪王庆元、陈少艇,押送县城,万剐凌迟。其喽啰胁从们分别视其罪恶轻重,收监劳改轻重不等。垣曲地面这颗毒瘤总算开刀割净了。

还是这一年初秋,平陆县人民政府调我军五十八团将士,对王家滩柴天喜股匪施以灭顶打击。借河山优势,匪徒们少有漏网,我军彻底摧毁了匪徒巢穴。匪徒们所有妻小,连同七泉村投匪的亡命之徒杨云山父子,及其家口,王老三家妻小,一并归案。中山狼杨全年,悍匪张文彭等,分别潜入河南灵宝、陕西商洛寄命。

杨云山日伪时身为汉奸,危害乡里。投匪后又作恶猖獗,此际抓获,数罪并罚。儿子杨发家经人具保释放。在我军服役不守管教,屡犯军纪,被部队依法处死。杨云山被拉到平陆郭原村棒下毙命。

至于王老三一家,监押了些日子,主犯劣迹虽多,但危害乡里不十分严重,且本人有悔罪表现,终以宽大处理,放其回家交群众监管。

还有不少被柴匪强行拉逼入伙的,如村民冯少刚、杨玉水等十数名群众,虽然曾在匪股中充数,但经审查,他们身在曹营心在汉——并未罪孽彰显,经学习教育,分别释放。

唯有匪首柴天喜,蛰伏山林,达11年之久,日夜过着猿兽生涯。我公安机关及地方民兵曾几经搜剿,怎耐山深林茂,每每捕空。

1951年农历正月二十,七泉村民兵再次前去王家滩匪窟搜剿。刚接近柴匪躲藏的洞口,人声,手电光影,惊动了他。柴匪情急之下,赤脚冲出洞口一路披荆穿棘,直奔河沿。民兵们举枪追射,均未中的。急起尾追至河口,柴匪已赤身浮过冰河。由于夜色朦胧,枪击无效。民兵们再一次悻悻而归。

柴匪又延命到1958年农历十一月,正是滴水成冰的时候,我夏县人民政府(七泉村于1956年1月正式归入夏县管辖)组织全民武装,终于搜出柴匪本人。柴匪仍像上次一样踏冰渡河,可是这一次绝非那一次。这一次我方人多势众,又是光天化日,众目睽睽,连只苍蝇也休想逃脱。柴匪洇过黄河攀爬上岸,因冷冻难支,双腿灌铅,我祁家河民兵射击手,将柴匪隔河击毙。

匪大队队副张龙娃被抓获后,于1952年"五·一",由夏县公安人员将其押解回泰山庙,验明正身,执行枪决!

悍匪张文彭,携家藏匿陕西商洛。1954年全国人口普查,将其抓回枪毙!

中山狼杨全年,携家逃往河南灵宝隐匿。1958年潜回七泉村,佯装老实,混入七泉村第六生产队苟延至1968年,终被"文革"狂暴卷走其罪恶一生。

十六、再拜恩公

1951 年 9 月 15 日,张生美家来了一位陌生远客,来者四十左右,肩背褡裢,鼓鼓囊囊,径直跨进张家堂屋,人未站定,便连喊"老伯母",一家大小,一时认不出是谁,个个痴愣愣地云雾满面。

来客连忙自作介绍:"老伯母,你忘啦,我是十五年前,承蒙恩公一家救我活命的韩老五啊!"

张家年小的,谁也不知是咋回事。生美稍长,还影绰记起。杨氏孀人直愣愣地似有所忆。只有郑老奶奶缓步上前,细细端详面目,才完全记起。

韩老五落座,从容解说:"我原在宋哲元部下当兵,溃退至此,身染伤寒。若非恩公一家救命,我这条命早就客抛他乡了。"说着,问到守规、守矩两兄弟,郑老夫人叙明情况,韩老王难免又是一番悲伤,惹得全家大小都陪着落泪。

郑老夫人忙命孙媳兰英做饭。用饭中,韩老五才说出,15 年来的家境情况。"那年,我泪别恩公母子,沿途讨饭,迤逦西行。当时兵祸蝉联,路途极不顺利。不几天后,

117

过了黄河。河南地面，刀客四起，日伏夜出，百姓苦无宁日。我东避西绕，迂回辗转两个多月，才接近潼关。当时，我老家已属边区，国民党为防百姓西行，闭关设卡，封锁严密，还作反动宣传，百般阻挠。无论什么人，什么理由，只要西行，一律强迫返回。"

"千难万险，总因我思念亲人心切，苍天不负有心人。民国二十七年（1938年）春，我才回到老家。万没想到，我家宁夏属陕甘宁边区，是共产党领导的明朗天下。人们生活虽然还很艰苦，但都过得心安理得，平平安安！人民当家做主，没有人压迫和剥削穷人。我的大儿子如今20多岁，还当村干部，领导人们开荒生产，互助变工，忙得没日没夜，却十分开心。孙子也有了。小儿子去年赴朝抗美去了。如今全国完全解放，铁路畅通。此次理当我们父子同来，怎奈儿子上区政府参加劳模大会，不能前来一起拜谢恩公。家乡贫穷，没什么稀罕物品奉敬恩公，带来一包宁夏枸杞子、一包红枣，给老伯母、老嫂子滋补身体。另外背了十斤紫皮山药蛋，甘绵爽口，个大色紫，请恩公全家尝个新鲜，余下留种传代。另有30万人民币，恳求伯母万勿推辞，一定笑纳。晚侄绝不是还债，全当孝敬老人的一点拳拳之心。"

"此次长途东来，怀着急切期望，想见守规哥哥们一面，殊不知恩公已长眠五年，物是人非，庶几抱憾终生。"

翌日清晨,韩老五步行八里,到祁家河供销合作社,买了香表冥纸,一应蔬果,由生美领道,专程到守规坟上祭拜一番,撒了几行热泪,悒悒不乐地回来。这天是9月16日,系守规去世五周年忌日。

韩老五在张家逗留到18日,谢别生美一家的热情款留,径直返回宁夏去了。

碑文四则

一、七泉村革命烈士纪念堂碑文

尝曰人固有一死或重于泰山或轻于鸿毛窃思之为国民之正义事业而死于焉者即重于泰山为乞生苟活而委身仇寇名随身诛者则轻于鸿毛此先哲遗训愚智皆知也囊者内匪外寇叠相虐民卫鼎护玺敌我相搏势同水火吾村农会初建股肱悍将王君学彦张君守规为正义面斗残匪以身殉职农会痛失耆勋值中流樯倾楫摧而前方短兵相接亟待后续增援以解燃眉此时吾村丁口不足五百竟涌现六十余名铁血男子激于义弃家纾难被坚执锐蹈死不顾拔城塞旗奇勋频传有二十五名诚烈勇士马革裹尸葬身沙场张生华等几名烈士至今侠骨未归其惊天动地之精神宁不感人乎逝者长已矣去今一甲子有奇流光淡逝魂升碧落亦久矣其生前皆出自闾阎陋巷向无乡曲之誉惟其殁后仍令人耿耿光被遐荒者何也无他英烈们之死重于泰山耳向者历届党政先贤每每以吾村烈士纪念堂之阙如而喟叹为憾今欣逢盛世百物殷阜上级当事关心支持党支村委热心承办在资力有限文献湮灭之困境下仍能在不足一年之间落成目今之纪念堂宏伟壮丽合规守制足以安厝烈士英魂庶几使幽灵

获聚存者慰心殁者安欤禴祠蒸尝千秋无爽歌曰大河泱泱
条山苍苍烈士风范山高水长

烈士名讳录

王学彦	张守规	张生华	祁临水	陈文明
陈法安	杨吉娃	杨鸿水	杨来喜	杨孙文
杨六金	张安旺	张银旺	王学规	陈玉娃
王长春	杨圣仁	郑神管	冯祁安	陈铁安
张木虎	杨木虎	杨太娃	孟全娃	杨宗义

七泉村党支部村委会立

公元二零一零年岁次庚寅三月念又一日清明

二、杨公讳受益老先生德行碑

稽古圣贤邈矣时势激荡不乏乘时之俊杰而品节卓异之士盖难得一七泉村杨公老先生者讳招顺字受益幼秉严训长怀宏志家世远渊以学行师表平邑先生工习经史过目不忘秉性敦厚立行贞明尊仲尼之仁礼敬武穆之精忠以达孝称乐于人善而却腐恶寇祸中条乃苦持气节不肯少与奸宄逐流先生少长平邑钟七泉山水之灵蒙祖荫懿德之神熟谙君国之道故每思以济世自见而不屑为空言囊者屡拒出任日伪政要而韬光里巷躬耕乡曲蒙养课徒启迪后昆历久不渝惠流遐迩先生心仪儒门却从不泥古敢为时势之先驱与童冠而俱迈土改时为求旧乡丕变日见昭明奋笔呕心编导排演戏剧曲艺累计十余种率先宣教我党时政积极协助政府智擒日伪奸首为民除害先生暮年又投身夜校日间樵牧山林而置书囊橐备课披阅年月不辍或有真谛未解则循循诱之深受乡民钦敬闻夏并县先生肩负闻喜县政协委员之职孤身徒步穿林涉涧百余里赴县参会身心欣慰从无怨怼此岂轻才小慧之徒所能企及哉先生期颐高龄仍能含和守素笃行如初人人敬仰特树碑立石贺赞潜德表厥宅里以

期流芳耳

七泉村蒙学后生陈习文

二零一零年八月

三、郭彦章夫妇合葬墓之碑文

公讳银汉字彦章幼出书香门第秉承祖训有方适得名师教诲冲龄入塾知书而达理潜心百家尤娴经史天赋聪慧颖悟超迈性桀骜却谦恭克己言犀利而颇不凌人遇事果断特立独行敢为天下先英年从戎风云疆场四六年解甲归里投身执教首创夏县六高亲任校长历辛多年桃李遍乡梓教泽遗条山无愧夏县教育界之元老先驱嗟乎公之命乖运蹇丁酉年曾被错划右派旋即平反又值丙午国乱横祸加身世不我容未享五秩而饮恨泉台子女有三尽付段氏遗孀终身结褵段氏孺人凤凰于飞琴瑟和鸣段氏幼出名门性行淑均德容兼丽孝事姑嫜睦和姒娣懿德卓异堪称壶范夫婿乍离含悲忍辱苦撑家务不辍育孤之志形容憔悴犹具孟母遗风所幸丙辰季秋斗转天回四害剪灭国享太平子女成立理当乐享期颐孰料天不假年孺人于一九九六年七月三十寿终内寝及今相去六载子女孝心不泯聚集共议将双亲毕生行状梗概略备刻碑立石以慰泉壤春祭秋尝庶几不忘特属余缀字成文以为记耳

七泉陈习文

二○○九年八月

四、董清廉夫妇百年合葬墓之碑文

公讳清廉一九一七年八月二十三日生丁巳相一九六四年腊月十四日卒享年四十又八孺人祁氏一九一六年正月二十三日生丙辰相一九九六年八月二十七日卒享年八十又一公幼尊严训循分承教髫龄入塾以步艺书年未弱冠文墨即通孝悌力田深谙稼穑公之为人也洞达人情惟义是趋见尼僧毅然施舍逢孤寡慨慨周济尽职履责胜任村长谨饬家训常以义方闾巷口碑贤良方正乡里称道亮节高风终身结配祁氏孺人夫唱妇随琴瑟和鸣夫妇携手共登期颐第恨颜回彭祖寿算不一公未五秩而衔恨泉台子女有七尽付祁氏遗孀孺人之贤名素著闺阃之子于归懿德壸范尤振家声勤事公姑克尽孝道和睦姒娣妇德流芳第因命途多舛业未竟而中道丧夫值中流而樯倾楫摧哀思恨绪受命于危难之时颠踣竭蹶而劳悴独当泪干目瞀不辍育孤之志形容憔悴犹有孟母遗风丙午之乱元元忧患含辛茹苦举步维艰丙辰季秋天回斗转四帮剪除国泰民安举国欢庆盛世嘉年祁氏孺人也四世同堂子孝媳贤乐享期颐几忘何年丙子八月念又七日合目养神寿终内寝适值孺人三年节令魂享神坛

126

之际子女合议兹将双亲生平行状略备梗概刻石竖碑以慰
泉壤春祭秋尝衔恩不忘父母瞑目庶几无憾人子扪心亦获
自安特属余爰笔成文以为记耳

七泉村陈习文

公元一九九九年桂月下浣谷旦

山村轶闻

债济薛人

一、宗爷

民国初年，山西夏县西北庄村，有个土财主，名讳段宗翰。其家土地不足百亩，房屋却有六七十间，常年雇佣两个长工，自家耕种近村土地几十亩，其余则租给少地户，收取租课。一家七八口人，日子过得倒也顺畅。虽说家资不算丰厚，但在穷间孤巷的山村，却称得首富之家了。

就段宗翰本人，生于晚清，乃祖乃父皆为人和善，颇得人望。其门第历经书香代传，宗翰降生于国破家难的离乱岁月，他自幼经受祖父、父亲的儒经熏陶，攻读过几年私塾，还教过几年小学。终因世道浇漓，未能深造，又不愿执教，而居家务农了。

宗翰家不虚殷富，主要是经营有道，积累所成。本人诚信忠厚，乐善好施，在村民中，素孚众望；因他在家族中，辈分居长，全村住户极少杂姓。所以大多数人是他的侄孙辈，人们见了他，呼叔唤爷的居多，所以晚辈们约定俗成地敬呼他为"宗爷"。时日以久，他的真实名讳便淹没无闻了。

宗爷立性豁达,不拘常套。他常想,发家致富,单靠几十亩薄田,能收几何!思虑再三,便利用院外闲置的空房,经营染坊。本村向无此业,村民们白布印染,总要远走几十里,极不方便。自己经营,一来可解决村民染布困难,二来闲房利用,每年定有可观进项。

主意打定,说干就干。他亲赴洛阳,聘请一位姓乌的印染师傅,购置染锅染缸,一应设置就绪,在村上雇了几个青年打下手,便择吉开业了。

在封建社会,经营染坊,却是个火爆生意,妇女们,每年春夏织的白布,需经印染,方能缝制秋冬衣服。当时西北庄周村,十里八乡无此业务。女人织下白布,不是土法自染,便是送到临县平陆或垣曲地域加工。来往徒步,穿林涉涧,既费时日,且耗气力。宗爷染坊开业,给了人们极大方便。周村女眷,荷布提纱,往往拥挤门庭,洛阳乌师傅领着几个小青年整日忙得废寝忘食,还是应接不暇。宗爷又在长工中抽调一人专为挑水劈柴。宗爷本人也参加烧火和晾晒染品工序。就这样,虽说业务繁忙,却能日有进项,没过多久,生意便十分兴旺。每月除了开销雇工薪资,纯利也相当可观了。

民国十四年(1925年)腊月二十三,乌师傅回洛阳过年,不料此一去,竟音信杳无。十五年开春,周围村里的女

130

眷们提纱荷布的接踵而来,宗爷因染师迟迟未到,心急火燎地常日忧沮,只得将顾客婉言挡回。过了正月二十,村民们都动了庄稼活,宗爷再也按捺不住焦急心情,索性打发长工到洛阳打探。

几天后,伙计一人回来说,乌师傅回去过年,正碰上军阀吴佩孚抓兵,不曾逃脱。宗爷一腔念想,彻底破灭了。正值如日中天的染坊,只能停业再等机遇了。

又过了些时日,听说北伐军打到河南,吴佩孚一败涂地,乌师傅吉凶未卜。当下军阀混乱,时局不稳,宗爷再也无心出门去请染师。

仅只红火了一年的段记染坊只得权且搁置,眼巴巴地盼望寻到新的印染师傅。

二、周光祖

　　且说山东济南府有一没落官宦人家，姓周，长孙周光祖，年方二十，尚未成婚。

　　先祖父周国玺，在济南府曾除授一任知县，因政绩卓著，治河有功，荣获山东省政府特别嘉奖，并赐一面"勋垂奕世"金牌。蓝底金字，显赫非凡。山东省主席韩复榘，心里高兴，竟然特许用自己小篆印鉴为其押款。自此，周家真是光耀门楣了。

　　周国玺的儿子周裕泰，倒也知书达礼，却因仕途不达，只能凭借祖上阴德，在济南城做起生意，有几家字号，因国难民贫，并不景气，终因开不起工人工资，便自行倒闭。唯有一家印染作坊，不算兴旺，还能维持下去。

　　单讲周裕泰的儿子周光祖，进过几年学堂，学过印染科目。虽说他立性好进，却厌倦诗书。一门心思痴迷经商，且醉心工艺，酷爱印染事业。常日价泡在染坊，影不离形地跟紧染师，苦学技艺，调配颜色，雕刻制板，本就具有学业基础，不多久，他全都得心应手。而且常常别出心裁地独创花样，深受师傅赞赏。

乃父周裕泰,身无官禄,却迷恋仕宦,自个无本领,总想另辟蹊径,指望攀家官亲,而青云直上。

本县县太爷姓王,官运亨通,却家门不济,半百无儿,仅有一女,年已及笄,却生得塌鼻斜眼,貌不压人。故一直待字闺中,却从来无人上门提亲。剩女大龄,成了县太爷夫妇最大的心结。周裕泰想攀官亲,又企羡王家亲诺丰厚嫁妆,外有两家商号陪嫁,加之媒人巧舌如簧,将周裕泰谎得晕头转向,周裕泰便自作主张,将这门婚事满口应承下来,答应给儿子周光祖配妇。王家情愿多贴嫁资,亟待早日送女出阁。

周光祖虽说年及二十,亦大当婚。可是听染布师傅说了王女相貌,便火冒三丈。向乃父理论,乃父携着封建家长之权势,压得儿子不敢透气。周光祖在万般无奈之下,便想到逃婚。师傅很同情,便暗下支持。师徒二人嘀咕以后,周光祖备好各种染料及印制工具,决定出门独闯天下。于是趁一个更深人静的黑夜,悄悄上路了。师傅也佯装不晓,有意拖延与掌柜报信,待到裕泰发觉儿子逃婚后,早就迟了多半日了。

周光祖"飞"出"鸟笼",迤逦西行,春风得意,心情舒畅,尽管风餐露宿,吃了不少苦头,但他绝无怨言。一路沿着黄河而上。延宕月余,这天夜晚落脚垣曲县五福涧村,投宿在一户名叫李国治的人家。

李国治本是西北庄段宗翰内侄，他得知姑父家染坊缺师歇业，并负有探询染师的职责。几个月来，难得人选，正愁无法回报姑父之时，眼下巧遇来客歇脚，且见年轻后生肩背褡裢，留心问其务干何事时，周光祖实言相告，云称自己有一手印染技艺，想找个作坊施展身手，苦于觅寻月余，并无机遇，正要西行陕西甘肃谋就。

李国治听说，两手一拍，说："巧哩！距此二十多里的夏县西北庄，我姑父家开有一片染坊，正缺人手，原来洛阳师傅被抓兵吃粮，生死未卜。我姑父家撇下一大摊染缸染具，正愁没处发落，四下托人寻访染师，先生有意滞留，我明天亲自送你。"

周光祖一听，心下欢喜，正是"踏破铁鞋无觅处，得来全不费功夫"。二人说得投缘，便满口答应。

国治吩咐媳妇，重整饭食，备酒添菜，说："我要与小师傅喝个交友酒。"

一霎时，酒菜齐备，两个青年，推杯交盏，觞行酬劝，婉如故旧。直喝到夜交子时，二人才在暖炕上抵足而眠。

再说西北庄宗爷，这日晌午，正闷坐在家中拥炉品茗，左手拿着水烟袋，右手执着火蔑子，将要点抽，猛然听得当院有喊"姑父"的声音，扭头一望，见是内侄国治，身后紧跟一个陌生青年。

国治领着青年，拾级进屋，便向宗爷引见，说小周师傅是济南府来的染匠,也是有缘,昨晚投宿我家,一打早,我就将他领来了。

宗爷听说来了染师,顿时双眉舒展,眼睛发亮,心头欣悦,忙命女眷们安排饭食。用饭时,顺便和周光祖切磋染技。周师傅提起印染行业,道道内行,且有不少新技艺是山野陋巷闻所未闻的,更别提亲眼所见。李国治是局外人,且是外行,傻愣愣地一旁听着,只有惊叹叫绝,唏嘘连声了。

一番开心畅谈,宗爷彻底打消了心存的疑虑,便当即拍板,聘用周师傅。

宗爷迫不及待,第二天,便命两个伙计整顿染坊,洒扫清尘,一切遵照周师傅指派,归置染锅染缸,整饬晒晾染品场地,众人忙了一整天,总算安排得停停当当。

依照周师傅意见和建议,须得一两名精干的徒工,还得几名勤杂人员,至于浣纱、晒晾,有几个妇女也行。

宗爷的染坊,原来就有几名帮工,立时唤来,轻车驾熟,就可上工。至于学徒工,宗爷在族辈孙侄中挑了两个精明干练的小伙子跟学技艺, 又增加了几名女工专做漂洗晾晒工作。

周师傅又建议,一要扩大染坊业务,又要增加印花项目,并将原有的"段记染坊"招牌,改换成"段记印染坊"。初开张,要先树信用,凡是前几天光顾的来客,一律半价。

宗爷一向慷慨乐善,听周师傅建议,正中下怀,于是便非常爽快地答应了。

择吉开业前,先要写好招贴——其实就是小广告,遍贴周村,以期扩大宣传效应,招揽顾客。

倏而,开张临近,宗爷家早早着人准备。吉日这天,家门张灯结彩,设酒排宴,在轰轰烈烈的鞭炮声中,一面崭新的"段记印染坊"招牌披红挂彩地悬挂到染房门边。院内院外鼓乐喧天。有几个青年后生,竟然挂着鼓乐,挑着长鞭,一直敲打燃放到村前高岭,足可鸟瞰平陆七泉村的"老牛咀"地方,明明白白地通知七泉村民——"宗爷家染坊又开业啦!"

开张头一天,先是本村的女客们陆续登门。染纱、染布、印花的。有人拿来小块白布、印门帘、床围、台面布等。周师傅接活在手,当即操持,不一时,印染出来的各种成品,花色多样,艳丽夺目,尽是山野僻乡的人们不曾见识过的,个个颇觉新奇,女眷们争相赏阅,咋舌唏嘘连连赞叹。

周师傅指派着徒工,忙得焦头汗额,顾客们交口夸赞他工艺精良的程度远远超过前任的洛阳乌师傅。周师傅真像灌了蜜糖水一样一直甜到心窝,宗爷一家连同工人们也都乐不可支。

一连三天,顾客盈门,好不红火。临近七泉、东北庄、招虎庄，各村都有前来光顾的人。争着抢着趁在前三天讨个半价。

第四天，染坊按正常规定价格营业，无论布料，或是棉纱，一律根据本人要求印染的色调分别按斤按两计价。至于印染套色小件的，依照物件大小和套版多寡论值。价格定得比其他染坊都便宜，也合理，赢得人们热顾。

半价三天期满，刚到第四天中午，交泉村一青年少妇满头大汗地扛了一大包棉纱进门，云称要织花布，印染多种颜色纱线。少妇将大纱包往柜台上一放，便累得一屁股坐在凳子上，手里捏了条粉红手绢，擦了把汗，随后忽闪忽闪地搧着。

周师傅一眼看见来客，虽说是小家女流，但却决不像一般妇女那样步履蹒跚地扭着小脚，而是一双天足，脚上穿着一双扎眼鲜亮的蓝面偏口布鞋。一头乌云，扫去了二龙戏珠的两把髻式，却是标新立异地一个油光里亮的元宝头。别着一柄银钗，额前盖着齐眉刘海，两道新月娥眉下一双水汪汪的大眼睛，大大方方地透着一股机灵英气。

端详少妇面貌，好不过二十上下，长得干净利落，没有拘泥板滞的仪态，反倒散发出一股脱俗超尘的气势，在门前一站直似玉树临风，清新天成。进屋落座，又现着玉面观音的丰姿，说出话来，清脆干练，不多啰唆一句，却将内心世界表达得再清楚不过了。

宗爷是认识的，着先问话。

"是柳叶嘛！为啥不赶前三天，偏偏扼到今日才来？"

少妇欠身离座说："宗爷，我知道前三天半价，只是我单身女人，没有帮手，没日没夜地纺绩，直到昨天才归置停当，今儿一大早得空赶来。"

宗爷知道柳叶居孀，孤身可怜，婆婆不肯帮她。于是便以商量的口气问周师傅：

"柳叶纺绩维艰，是染坊常来顾主，来一趟实属不易，今儿破例照顾她一次，仍按半价论值怎样？"

周师傅本来也生了同情之心，于是爽快回答："东家说半价就半价，我当然同意！"

于是问清柳叶纱线各色染多少斤两，便接活在手，又随手拿出一本，《印染经纬谱》，让柳叶参看挑选。

柳叶本就心灵手巧，翻看图谱，有许多色谱鲜艳夺目，叫人眼花缭乱，真不知参照哪一种花色样式才好。最后，她征得周师傅意见，选定一幅花样，周师傅又悉心指点，重新配色，确定各色染线计量。直到柳叶满意，便拍板成交。周师傅答应，如果天气凑兴，三天以后前来取货。

三、马柳叶

再说交泉村少妇马柳叶，并非当地人氏。婆家交泉王葫芦家，祖籍却在河南渑池县口门山上一个叫柳树洼的偏僻山村。父亲马作成，终身从事打铁活计，马柳叶上无长兄下无弱弟，父母将她当掌上明珠，宠爱有加。父亲打铁，柳叶自小就跟随爹娘，靠父亲手艺谋生。不时地，母女还帮父亲抡锤添炭，打打下手。日子倒也过得去。

在旧社会，河南口门山一带，曾是刀客出没之地，尤其地处晋豫咽喉要道的口门山隘口，恰处黄河南岸，与平陆县隔河相望，过往商旅，被劫财害命的时有发生。该地流传"口门山上不种田，逮住一顿吃半年"的话。所以凡单身浪汉，经此山口，总是不由头根乍起，内心发怵。来往商旅们，每到口门山隘口，真像过景阳冈一样担惊受怕，非青天白日结伴同行，轻易不敢起早贪黑单身过往的。

因时局不稳，治安混乱，盗贼蜂起，当地安顺百姓为防身护院，不少青壮年少，往往习拳练武，小有功夫。柳叶的父亲马铁匠习就一套"小红拳"拳术，兼之常年打铁抡锤，锻炼得尤其膂力过人，等闲之辈，三两个人，休想近得他身。因膝下无儿，指望独生爱女柳叶撑门立户，便指导柳叶练拳舞棒，马柳叶悟性特高，多少会一些拳脚功夫，尤其练就一身扫堂腿的本领，教人防不胜防。平日帮父亲抡大锤，因此练得腕力不凡。年纪轻轻，漫说一般女子非她对手，就是平常一两个等闲男子汉也休想近得她身，平日里父女俩从不显山露水，不会欺凌他人。要是有人犯着他们，绝对不肯顺受轻饶的。

据说有一年腊月的一天，马铁匠领着女儿柳叶上渑池县城赶集，牵头小毛驴，办点年货回来，天刚擦黑，走到口门山隘口，适逢道路狭窄，上靠地堎，下临高堰。单边羊肠，仅能容单人单骑通过。柳叶手牵毛驴在前，马铁匠执鞭在后，冷不防迎面碰上两个蒙面汉子。只听来人呵斥要父女二人让道。马铁匠知道遇上刀客了。便朗声答道："我让，我让。"一面说话，一面侧转身挤到驴身前，将手中皮鞭交给女儿，又悄悄交代了些什么，便退到毛驴侧边，伸展双臂抱起小驴，左臂搂住毛驴两条前腿，右臂搂住毛驴后胯，稍一用力，连同驴背上驮的年货，一齐轻轻地搁到一人高的地楞上，然后双手叉腰，没好气地对两个刀客喝道："让开道啦，你们先过！"

两个刀客，都吓傻了眼，其中一个看出来，今天碰上的不是善茬，知道要吃亏了，意欲拔腿逃走。可另一个不知死活的同伙，不肯轻易放下眼下到手的财货，还运了运底气,壮一壮狗胆,扯破喉咙地喝道:"要你们连驴带东西全都留下,放你走人!"说着抢前几步,正要夺马柳叶手里的缰绳,说时迟,当时的确快得电光石火一般,马柳叶手举皮鞭,强盗猝不及防,只见"嗖"地一道闪电,对方手起鞭到,照准强盗头上狠狠抽了一鞭,打掉强盗蒙面青纱。强盗从未吃过这样的亏,何况眼里根本没瞧起这么一个黄毛丫头,接着小丫头又是一鞭,抽得他头破血流找不到北,强盗哪肯罢休!于是,还不服气,怒从心上起,恶向胆边生,推胳膊,挽袖子,一个箭步跳到柳叶身前要给她点厉害:"让你知道咱家的厉害!"不承想,未近少女三两步,马柳叶鼓足吃奶力气,飞起脚,只一个扫堂腿,将那家伙踢到丈把高的地堰下,连滚几个跟头,正摔得灰头土脑,两眼直冒金星,疾速爬起,也顾不得护痛,两个强盗慌不择径地夺命逃窜了。

当时,全国各地军阀混战正酣,河南地处中原地面,更是兵家必争的咽喉地带,加之灾祲连年,兵匪扰民,百姓不堪忍受,纷纷逃荒他乡谋生。马铁匠一家三口索性北渡黄河,赶着一头小毛驴迤逦半载,终于落脚在平陆县七泉村,操起旧业,勉强度日。

眼看女儿柳叶一年大似一年,老两口也想给女儿找个好人家嫁了出去。上门提亲的也有几家,只是没有合适的。

交泉村有个名叫王葫芦的,家业倒也殷实,媒婆更将其家描画得天堂无二,马铁匠两口人生地疏,误信了媒妁谎言,收了一些彩礼,便将柳叶答应许配了。柳叶18岁过门,家里不缺吃穿,而且公婆都还年轻,能干,只是不久才发觉女婿患有癫痫病,并且非常严重,三头五日,不时犯病。发作时,双目痴呆,灵光顿失,牙关死咬,口吐白沫,四肢抽搐,须有十几分钟才可缓过神来。严重时,半个时辰难得恢复。王家破财舍物,多方延医求神,为儿子治病,花的银子像流水一样,可惜都打了水漂,儿子的病丝毫不曾回转。于是买动媒婆,将举目无亲,四邻少友的外乡人马铁匠夫妇谎骗,将女儿柳叶骗进家门,谁知苍天不佑没眼家雀,水灵灵一个妙龄女郎,既错嫁夫婿也就罢了,偏偏命运多舛,成婚不满一年,丈夫一次犯病,跌进水塘,竟然一命呜呼。可怜年未二十的柳叶,便少年孀居,一辈子的好日子,就这样了结了。

儿子一死,王家老两口的心冷淡许多,再也不顾及媳妇的艰辛,与其分开居住,各起炉灶。好在柳叶在娘家不曾缠足,跟着父亲打铁抡锤,又干过农活,气力活难不住她。从小跟着母亲纺纱织布,针黹女红都拿得起,且样样出类拔萃,里里外外替父母分担了不少家务。

在王家,地里家里,日夜操劳,苦日子熬了三年,脱去忧服,本该跳出火坑,另适门楣。不想,公公婆婆硬死拌扯不许她飞出家门,非要让她续配给小儿子为妻。小儿子虽说不灾不病,可是年龄小柳叶整整五岁,况且智商低下,十几岁的小孩,还不知修身养性,每天还得妈妈帮他系裤带。老两口铁了心,不惜牺牲儿媳后半辈子幸福,决心将小儿子这个大包袱甩给柳叶,只是等儿子再稍长几岁,就令他们成礼圆房。柳叶当然不会同意,马铁匠夫妇也不肯答应。只是女儿暂时很难脱离虎口,只好走一步看一步地等着茬口。

年纪轻轻的一个少妇,且又常年寡居,花香则惹蜂蝶,村上一些年轻小伙子们,谁不垂涎欲滴!每每见到柳叶做活计,总会有人抛媚眼、献殷勤,浪言戏语无话找话地近前搭讪。好在柳叶立性矜持,意态冷漠,既不理睬,又不轻言,小伙子们见无隙可乘,便也知趣地渐渐退避了。

有个名叫狗剩的浑小子,天生一副流氓相,老是对柳叶纠缠不休,且以秽言浪语挑逗,遭柳叶恶骂不止一次,但他总贼心不死。

有天晚上,柳叶独坐炕头纺纱,冷不防,一双臂膀,铁箍一样将她紧紧抱住,而且胡胡碴碴的嘴巴在她面额上乱啃,柳叶先吃一惊,猛回头,认定狗剩,气得怒目圆睁,不得不使出防身本领,她挣脱狗剩臂膀,伸出两手,使劲攥住狗剩两个手腕,直如两把铁钳,钳得狗剩彻骨剧疼,挣脱不开,却又不敢大声喊叫,一股劲低声"亲妈妈,亲奶奶"地哀求柳叶松手。柳叶松开两手下炕穿鞋,狗剩预感到难逃一顿饱打,便想夺门逃窜,柳叶一个箭步上前,一脚将他踢下台阶,狗剩不敢出声,连滚带爬起身要跑,黑灯瞎火地跌倒在喂猪槽中,柳叶追到跟前又是一脚,狗剩顾不得护痛,连滚带爬出了大门,没命地逃窜,背后又飞来半截砖,砸在他髋骨上,一瘸一拐地夺命去了。

这响声还是惊动了北屋的婆婆:"柳叶,院里什么声音?"

柳叶随机应变:"不知谁家大猪,跑进咱院偷野食吃,被我一砖头打跑了。妈,没事,你睡觉吧!"

婆婆仍不放心地吩咐:"将大门关严实些。"

"知道咧!"柳叶一头答话,一手关好大门,不慌不忙地回到屋里,暗暗骂道:"看你还敢再来找死!"

狗剩当晚瘸拐回家,髋骨疼得不能仰面睡觉,只能惊慌未定地爬在炕上,不愿张扬,也不肯延医,苦苦扭躺了半个多月,勉强支撑才能下炕。这天阳光明媚,他夹着双拐杖,挪出大门晒太阳。几个年轻小伙子,一眼瞥见狗剩的狼狈样,有意调侃:"啊哟!狗剩,好长时间不见面,在家背炕养膘哩!"

狗剩尴尬地说:"不当心摔了一跤,伤了筋骨!"

"什么不当心摔了一跤,没准是你这馋猫,又钻进哪家娘娘庙里偷腥,踩翻獾夹子啦!"一个小伙子有意打趣。

狗剩还有气无力地哼哼："没有的事，可别凭空嚼人！"

另一小伙子道，"有没有，自己心里清楚，遭夹遭打，全当交了一次学费，牢牢记着，栽茅坑只能是一次！"

狗剩一张青脸，立马涨红到脖颈根。羞愧无奈得再没一句话可答。

从那晚上挨揍，狗剩打心眼里领教了马柳叶的腿脚厉害。虽然挨了打，却只能打掉牙齿往肚里咽——不能向任何人诉说。至于其他小伙子，也揣摸得狗剩一定尝过柳叶辣头，也知道柳叶是带刺玫瑰——沾惹不得。所以谁也不敢滋生邪念。至于狗剩，连正眼看柳叶一下，也心有余悸。

柳叶依然我行我素，含辛茹苦地撑熬日月。婆婆每年给一些皮棉，她总是日绩夜纺地赶活计，柳叶是外来客，擅长经商，将织好的布匹拿到集会上换成钱，再换回棉花，来回倒腾，赚点零花钱贴补用度，因她心灵手巧，织出的布白细平匀。有时配色织成，颇受顾客喜爱，所以棉花变布，布生棉花，每次都能生出不少利润。

前几天，听说西北庄宗爷家的染坊又恢复业务，而且请了一名山东高手染师。心里猫抓一样着急，可她单人一手，日夜操劳，忙得饭也顾不得吃，还是赶不完活，昨天好不容易将所纺的棉纱浆洗晾晒完毕。今日一打早才扛到西北庄,因以往是宗爷染坊常客,所以宗爷见怜,小周师傅又那么热情随和,回来的路上,脑子里总抹不去周师傅亲切和善的面庞,尤其那双炯炯有神的明眸,越发鲜明地出现在眼前,许久许久都不曾消失。一路走着,脑子想着,不知不觉,脚底生风,不到一个时辰又进自己家门了。

四、情愫乍萌

再说周师傅，自打柳叶走时，两眼直直盯着她的背影，直到人影消失，他才醒过神来，着手归拢染物。

首先拿过柳叶的棉纱，分秤染色。按柳叶原设计要染红、黄、蓝、绿四色纱线，周师傅又匠心独运，添加了橙、紫两色，这样一来，织机上增加两个梭子，要麻烦费工，但织出花布一定漂亮得多。

周师傅费心卖力地整整忙活了一天，总算将各色纱线分染齐备。第二天，四山晴朗，阳光灿烂，只半天又晾晒妥帖。下午，将染好的纱线分类归置停当，一心巴望着柳叶上门取货。

第三天早上，不见人来。晌午，依然不见人影。周师傅嘴不吭气，心里却十分着急，怀里像揣着双小兔子，咚咚个不停。手里忙着活计，两眼却不停地总瞟着门外，巴不得立马见到心想的人影。可是，想归想，柳叶还是没来。周师傅心不在焉地挨到日头偏西，终于盼到想望的人儿跨进染坊，首先听到柳叶莺声燕语地："周师傅，我的纱能取了吗？"

正在低头忙活的周师傅,听声音,知道是柳叶来了,虽说高兴得不知所措,却还是镇住激动心情,轻声慢语地:"染妥了,不知能否使你满意?"一头说着,一头递过染好的纱线。柳叶接过纱线,翻看一会,发现又多出两种颜色,经周师傅介绍,如何添经加纬,织出花格布肯定漂亮。柳叶喜欢得不能自已:"太好了,虽然添了点工序,却比我原配的色相好多了!"一面掏出铜钱付账,周师傅只收了半价整数,又免去零头。柳叶很不好意思地说道:"初次打搅,承蒙半价已经够照顾了,何况又添染两色,还免去零头,实在不好意思承受。我这里,给周师傅带几个鸡蛋,两个蒸馍,幸勿推辞。"周师傅连连拒收,柳叶却大大方方地说:"鸡蛋和蒸馍,都是自家有的,周师傅若执意拒绝,就是太小瞧我这妇道人家,让我今后不敢登门了。"

周师傅忙说:"绝没他意,只是初次登门,我不好平白受礼。"

柳叶说:"一回生,两回熟,我麻烦周师傅的往后还多着呢!几个蒸馍,自家蒸的,几个鸡蛋,是自家鸡繁的,我大老远拿来,难道再让我拿回去不成?"

周师傅的徒弟们,也再三相劝他收下,并且以后生意上照顾照顾她,就啥都有了。周师傅拗不过大家劝解,便接过蒸馍、鸡蛋,全收下了。

五、人间织女

柳叶拿走着色棉纱,回到交泉村。夜以继日地赶活,按照周师傅参议的经纬图谱设计花纹, 整整忙活了四五天,总算安上织机。因花色纷繁,光梭子就用六七个,乍一开始,既费脑子,又费工序,工作进展缓慢,忙活一整天,仅仅织了七八尺,好在柳叶心灵手巧,不辞劳苦,两三天后便手脚熟练,进度大有提高,每天都要织出将近两丈,织出的花格布光彩夺目。邻家女友们争相参看,个个翘指咋舌,齐夸柳叶是织女下凡。可柳叶心知肚明,锦缎一样的花格布,和周师傅的悉心鼎力是分不开的。只是她甜在心里,乐在眉宇,却丝毫不露口风。没日没夜地忙了半个月才下了织机。

离西北庄 20 多里的深山老林,有座金牛山,海拔很高,山顶头盖了一座三官庙,供奉着天官、地官和水官诸神。每年农历七月十五总有三天集市闹会,有大戏,有杂耍,山南海北商贾云集,都要来到这里做买卖。附近大小村庄的男男女女届时前往。眼看大会不日临近,柳叶想印染些小件花布换钱。于是将织机上的活计裁下来,将家里先存的白细布拾掇了一包袱，想染些门帘，台面布、床围、桌围。又在刚织好的花布上扯了两幅床单，趁一个晴朗凉爽的早晨，三上西北庄了。

柳叶两脚生风，很快来到染坊，说明来意，周师傅接过包袱，量过尺寸，交给徒弟先印门帘、床围等大活。随后又量剩下的布让印染小件，至于剩余布头，让打下手的印花手绢、枕头顶。

柳叶拿出新织的花布，在场的人无不张口咋舌，宗爷家男女也称赞花色鲜艳夺目，不啻织女手艺，柳叶俏皮地问大伙："真的好看吗？"众人异口同声地回答："真的好看极了！"柳叶接过话头："既然无人谈驳，我这两条床单是敬谢宗爷和周师傅的，若不嫌弃，幸勿回绝。"说着，随手拿起两条床单分别递到宗爷家女眷和周师傅手上，谁也不好意思推计，女眷们更是抿不住嘴地收下了。

周师傅要柳叶甭急着回家，搭把手帮着印染，也好随时选择自己喜爱的花版。柳叶也乐得留下插手干活，说自己刚织完一机子布，眼下无活可做，于是留下。柳叶本就精明干练，脚手勤快，干活利索，至于印染、晾晒，都干得来，忙了一个上午，好不开心。日近正午，周师傅叫柳叶放下活计，给大伙做饭。这更是柳叶轻车驾熟的拿手本领，她推胳膊挽袖子，烧火擀面，麻利劲决不次于在自家厨下。不到半个时辰，便喊大伙开饭，桌面上，每人一碗香喷喷的鸡蛋炒面条。外加两碟小菜，分别是小葱拌豆腐和西葫芦烩豆角。师徒们平日忙于干活，难得吃上这么一海碗清香可口的饭食。一个个狼吞虎咽地，将柳叶做的饭刮了个锅底朝天！

吃饭以毕，大伙齐心协力抓紧印染，夕阳压山时，柳叶的活计完成过半，她还要天黑前赶回交泉，便匆匆走了。

一直过了十天以后，柳叶才来取货。这一回，既没拿蒸馍，也没提鸡蛋，却是满头大汗地背了一个大西瓜。

众伙计们乐得停住手头活计，美美地饱尝着大西瓜，柳叶特地将一大块递到周师傅手里，周师傅咬了一大口，甜到肺腑，只觉得还从来没吃过这么香甜的西瓜。

柳叶拿上染品，立马要走，说是回家，准备布匹，要上三官庙赶集，便匆匆走了。

六、两情相悦

　　每年农历七月十五的三官庙大会,是当地一大盛事。虽说会址在莽林深处, 招来的商贾游客却都是平陆、夏县、垣曲的,甚至河南洛阳渑池的商贩也徒步百多里届时赶到。因庙岭缺水,近处水磨河、楸水沟、上河等村庄的百姓常常挑一担清水到会上去卖,至于远来的商客,贩来的都是当地稀罕东西,博得游人垂涎,能卖上好价钱。

　　联村推举有庙会主持人,特意请来著名戏班,聘请名角献艺,连唱三天四夜,少不得还有鼓乐杂耍,一座平时寂静冷落的山头庙院,骤然红火得潮水汹涌一般。

　　柳叶扛着一大包布匹,搁在松荫下,一手擦汗,还未展开包袱,便引来众多顾客。柳叶赶忙铺展开,众人便被鲜艳夺目的诸多花布吸引住。马上围上来一群女客,拿床单的,抢桌围,夺门帘的,你买这,她争那,一时让主人难于招架。好在柳叶头脑机灵,眼观六路,耳听八方,手脚也麻利,一面扯布,一手收取铜钱,忙得不得消停,却一点也不马虎。本来准备卖三天的货物,竟然一天被顾客抢买精光, 一大包袱布匹立马变成鼓囊囊的一袋铜钱。柳叶估量,既然明天无货可卖,索性买饭填饱了肚子。晚上看完夜场戏,随着人流,踏着月色,下半夜又赶回交泉村。

柳叶这一次大大尝到了甜头。次日,独自坐在炕头上数铜钱。合计着,除去成本费和辛苦劳作钱,净得利润超出一倍还多。从此,更增加了纺织兴头,整日价不是纺纱便是织布,布匹倒腾成棉花,棉花又倒腾成布,再经印染加工,利润像滚雪球一样,越滚越大。再就是往西北庄跑的次数多了,劲头也更足了。只要三天不上西北庄一趟,心里便空落落的,有点失魂落魄了。她每上西北庄一趟,只要她精心挑选《经纬图谱》上的优美花色,她总能得心应手地将"本本"上的花格毫不走样地搬上织机,织出的花布,简直就同复印下来的一模一样。村上的妇女们,羡慕柳叶手艺,想跟着学,怎奈眼高手低,虽经柳叶手把手教诲,还是很难独立操作。

柳叶在三官庙上赚了些铜钱,接下来,农历十月十五泰山庙又是个更大规模的集市,她下决心,给下一次得备足货色,希冀赚得更多些。虽然立秋已过,但天气还热,她趁天还不冷,一机接一机地织个不息。每一机下来,急忙送交周师傅印染,一来二去,柳叶和周师傅二人各自心里都不由自主地情芽滋长。周师傅三天不见柳叶登门,心里不禁寡落落的,吃饭缺滋少味,失魂落魄;对柳叶来说,每上一次西北庄,心情上总有莫大的欣慰,简直是一种享受。尽管爬坡越涧，羊肠崎岖，但是她身在路上，心却飞到染坊，从不觉得丝毫倦意，三五里路程，似乎一袋烟工夫就到了。

可是柳叶忙了家务，也得顾及人多嘴杂，总不能三天两头地跑西北庄。虽然心旌摇曳，难以抑制，但总得避嫌。不过隔不过十天，她总要找个由头，没事寻事地跑上一趟。两个年轻人，一个孤男，一个寡女，双方都不由得心仪对方。周师傅喜欢柳叶心灵手巧，腿脚麻利做事爽快，柳叶感觉周师傅技艺高超，且为人诚恳热心，实在是难得的一个好小伙子。所以每当柳叶到染坊送来活计，周师傅总能倍加费心地另眼看待。

今天是农历十月初一，柳叶又夹着一包袱白布，扬言前往印染。殊不知，包袱里藏有秘密——夹着一个油窝白馍，还带有一双专为周师傅精心缝制的新布鞋。

大约辰时光景，柳叶便来到染坊，宗爷一眼瞥见柳叶，便调侃道："做饭的来了，正巧，今日过节，我割了二斤大肉，柳叶甭插手干别的活，中午包饺子吧！"柳叶并没推辞，巴不得有活干，能在这里多磨叽一会儿，便满口答应下来。

柳叶打开包袱，只拿出油窝白馍，说是送给大伙过节的。扼延了好大一会儿，趁徒弟们不在跟前，便麻利地取出一双崭新布鞋，递给周师傅："看是否合脚？"周师傅接鞋在手,从来没见过这么好的针线手艺,黑斜纹面料,千层粉底,针脚细密,排列整齐,款式新颖脱俗,在鞋底当腰,还特具含义地绣有一片翠绿的柳叶图案,无疑是一件上好的工艺品。周师傅越看,越舍不得马上就穿。可是柳叶两只机灵的眸子,直瞪瞪地逼着他立马试脚。周师傅执拗不过,也就趁跟前没人,毫不客气地穿在脚上。两脚落地一踩,觉得特合适,他疑惑地以为柳叶将他脚的大小,何以估摸得如此准确。柳叶却轻轻抿嘴,莞尔一笑,殊不知她早有心思,是偷偷地量过周师傅的鞋底,胸有成竹地专为他特制的,只是不好说破罢了。

就这样,一男一女交往日频,双方由"情愫乍萌"发展到"心心相印",如今两人都不知不觉地坠入爱河,两情依依,越陷越深,不能自拔。周师傅每次去洛阳买染料,总会默默地为柳叶买几件钗钏花钿。一个妙龄少妇,一个独身青年,双方都在梦中企盼结成连理。只不过在封建社会,谁也没勇气捅破这层薄纸。一双爱侣就这样日日夜夜思念,思念,再思念地苦熬着。

终于有一天,柳叶慌慌张张地来到染坊,指名道姓地找周师傅有要事商量。周师傅也一头雾水地将柳叶让进卧室,柳叶不曾开言,便热泪盈眶了。随后哽哽咽咽地说,她公婆逼着她,与小她五岁的小叔子成礼圆房,日子定在腊月初八。自己不肯答应,便偷偷跑来告诉他。与其说是告诉,质言之,明摆着央求周师傅拿主意。

周师傅心里明白,柳叶专程脱身投靠他来了。便爽朗地给柳叶擦擦眼泪说:"别哭,现在民国不同前清了,只要你矢口不答应,他们便不好强行。只要你心里有我,我立即托媒提亲就是。"柳叶听了周师傅的一番话,压在心里的一块石头终于落了地。一手擦着眼泪,一面娇嗔地"看你说的,人家心里没你,交泉村有的是人我不求,大老远地找上门来求你做主吗?"周师傅接过话:"我一样惦记着你,只是没胆量说出,既然我们都有情意,你先回去,我明天便央求宗爷出面成全。"

柳叶离开周师傅时,还是不放心地千叮咛万嘱咐地说:"千万不可大意!"

七、有情人终成眷属

柳叶一走,当天晚上周师傅便找宗爷讨主意。宗爷一家,早就捉摸透他俩的心思,可怜柳叶的艰难处境,大家都非常想成全他们了却心愿。便立即央托村上一个叫段希孔、一个叫段希天的两位头面人物为媒,上交泉村王家提亲。

却说两个媒人。段希天为人忠厚,素孚众望。在家族或村上颇得人气;段希孔更是一个能言善辩的人物,且当过几年村长,交泉村是西北庄附属村,他常办公事多次去该村,对柳叶的公公王葫芦也很熟悉。既然宗爷出面请他和希天二人做媒,便爽快地答应了。

照常理说,寡妇再嫁,由不得公婆做主,更无理由强行阻拦。只是王家花了大钱买了个媳妇,还不曾解怀,儿子便撒手人寰,觉得人财两空,太冤了。二儿子要成家,还得大费周折,花大钱。公婆设想:"肥水不流外人田,家里留着现成的媳妇,何必舍近求远呢!"于是几年来,将柳叶强拦在家,只等小儿子稍更人事,办几桌酒席,小叔娶嫂子,一点也不悖常理,再美不过了。殊不知这个小儿子整

157

整小柳叶五岁,柳叶属牛,王家小儿子属马,老两口虽然忌讳"白马犯青牛"——命相不合,却也顾不得这些。只是小儿子尚未脱去顽劣稚气,柳叶打心里就不答应。只不过王葫芦一家欺柳叶娘家少亲没故,又是远方难民,于是便强作主张,成竹在胸地将柳叶硬"捆绑"在王家,不许嫁出。

可是王葫芦两口错打了砝码,他们怎么也不会想到,西北庄宗爷出面,打发来有头有脸的两个体面媒人,为山东小子提亲。他一口咬定不答应此事,但在段希天和前任村长段希孔两人面前,说不出什么推脱的理由,况且段希孔疾言厉色地发话:"现在是民国年代,寡妇改嫁顺理成章,你可别拿前清的老黄历来顺应现今你的家事!"两个媒人各个言辞犀利,且言语之间绵里藏针,往往说出话,拿时政压人。弄得王葫芦心有余悸,张口结舌,一时答不上话茬,只是觉得花了不少冤枉钱,不能白白便宜了山东小子。

两个媒人捉摸透王葫芦心思,觉得此事不是死结,只是要解开,恐怕得破费财物。

于是段希孔乘机发话:"让他们老两口商量怎么解决,反正,硬拦不是办法。到时候闹个鸡飞蛋打,别怪我们没事先告知!"段希天接过话茬,"今天说到这里,我们过两天再登门拜访。"

人常说，"是媒不是媒，最少得三回。"没过几天，宗爷又打发两个媒人二进王家大门。

王葫芦两口商量过多次，知道硬不答应也说不过去，于是想了一个损招，非要财物补赏损失不可。你不答应给钱，可别怪我王家不讲理。

于是经过讨价还价，王葫芦终于发话："无关痛痒的客套话别说，我开个价，能答应，就一锤定音，若不能答应，就端茶送客，请别再来啰唆了。"

段希天见王葫芦松了口风，觉得事态留有活路，便索性揶掇道："你说个数！"

王葫芦终于开口，"我娶媳妇花了大价钱，今天没五百现大洋马柳叶休得离开家门！而且只限明天晚上子时以前，误了一刻，也别怪我翻脸不认人！"说话掷地有声，且很干脆，不给人留任何反驳余地。

两个媒人一听，都将舌头伸出寸把长，当时惊得晕头转向，明知这是故意刁难，甭说客居他乡之人，即使当地大户人家，凑足五百大洋也不是三五天能办到的，何况一个远离他乡的孤身小伙子，敢如此想吗？

王葫芦明知这是掐住对方命门的一个损招，无论要价的数目，还是交钱的时刻，都无丝毫宽限余地。

两个媒人知道这是王家的逐客令，也知道事情无回旋余地，只好自找台阶，不过临走还是留下活话，一再叮咛王葫芦:"只能是这个条件吗？"

王葫芦觉得这回占了上风,既不失体面,又能挽住儿媳妇,所以趾高气扬地"我王葫芦说话,板上钉钉,不比老婆家撒尿,我吐口唾沫也能砸个坑,绝无反悔!"又严正强调:"明晚交子时,五百大洋交到我面前,错过一刻,或少一个子儿,别怪我不客气！"

两个媒人何时受过这个别夹！况且受的是王葫芦的窝囊气。然而今天刀把攥在他王葫芦手里,两个媒人实属无奈,只好面面相觑,各自拍拍屁股,步履蹒跚地挪出了王家大门。

王家两口乐了，远远望着两个无精打采的媒人的背影,眉宇间为自己稳操胜算的一招透出一丝惬意的冷笑。

人常说,运筹帷幄,须防隔墙有耳。王家公婆要挟媒人的损招,却被窗外的柳叶听了个一清二楚。柳叶直急得要大哭一场,哀叹自己命运不济,这一下便永远甭想脱离火坑了。可又转念一想:哭也无益,娘家贫穷,举目无亲少友,没人帮衬,只能一腔苦水窝在肚里死受。转念又想:不行,得想个法子,坚定周师傅的信念,是刀山火海也要过！她这半年来，卖花布有些积蓄，农历十月十五泰山庙会上,柳叶又凭着吸人眼球的印染布匹,狠狠赚了些铜钱,折成大洋,只有二十几元,她翻出所有积蓄,慌忙裹进一个包袱,压在篮内,擓了些换洗衣服,佯装河边浣洗,便抢先跨出大门,直奔村东柴沟河边。

再说两个媒人,迈着沉重的步履,唉声叹气地只顾走路,冷不防,一眼瞥见柳叶等在河边,柳叶热泪纵横地哀求:"二位叔叔,回去转告小周师傅,要他千万别灰心,即使给西北庄人叩遍响头,也请他凑足五百大洋,将我救出王家。我这里将尽有的积蓄拿出,请叔叔们带给他。虽然不济大事,却也表白我一番心意。"说着,双膝跪地,"也求叔叔们费心挪借,下辈子变牛变马,不会忘记你们的大恩大德!"说完,咚咚咚地磕了三个响头。两个媒人也感动得眼含热泪,连忙扶起柳叶,安慰柳叶放宽心,"我们一定会尽力的。"

回到西北庄,给周师傅作了交代,周师傅犹如当头一棒,顿时懵了。好一会儿说不出一句话来。有心作罢,怎奈对不起情笃爱真的马柳叶。两个媒人因感于柳叶的一片赤诚,给周师傅鼓气说:"这里有柳叶几年来的全部心血钱,一并交到你手,就是说身在王家,其实一颗心早已交给你,把你当作一辈子的全部依托。咱们马上分头行动,即使挨门挨户搜遍猫穴鼠洞,不信偌大一个西北庄,凑不齐这区区五百大洋!"

希天又撺了一把火:"周师傅,坚强些,没有过不去的火焰山!"

旧社会国贫民穷,在山乡僻壤的西北庄,一下搜出五百大洋的确不易。全村就宗爷一家富户，即使拿不全，也能凑个大数，不巧的是宗爷今天到垣曲走亲戚去了，须得明日天黑才得回来。真真教人急死了。

周师傅翻箱倒柜，又翻出染坊账房积蓄，尚不足一百大洋。两个媒人领着周师傅挨门挨户告借，徒弟们又全部出动筹划，直到次日中午，仅仅二百元挂零。大伙眼巴巴地望着直通垣曲的东坡大路，不见宗爷回来，一直等到太阳压山，还是不见人影。

周师傅呕得一天不曾吃饭，徒弟端来饭菜，他只喝了几口稀汤，说是"饱了"。大伙围在染坊灶前，一个个眼巴巴地盼望宗爷回来想办法。如果宗爷今天回不来，这宗美事就真要泡汤了。

正在大伙心急火燎地盼望时，"哐啷"一声门响，跨进个人，正是宗爷。个个悬着的心，都落了下来。宗爷手提一个袋子，哗啦倒在炕上，不多不少，整整三大锭大洋。众人一个个傻了眼，周师傅更是张口结舌地说不出一句话。

原来宗爷一进家门，听到大伙为筹钱犯难，眼下还缺三百大洋无处着落，正在发愁呢。宗爷埋怨家里人该早些取出积蓄，夫人杨氏没好气地说::"钥匙带在你身上，我们怎么取出呢？"宗爷一听，饭也不忙吃，先打开锁钥，取出三大锭光洋，立即送出门来。宗爷倒下光洋，疾言厉色地说:"闲话甭说，媒人赶紧三上交泉村，千万别耽搁时

162

刻！"周师傅千恩万谢地要宗爷留下一些。说我们现有二百三十元，用不了那么多。宗爷说："这是我们全家人的心意，至于多余的钱，你和柳叶马上成婚还得用。免得夜长梦多，再生枝节！"周师傅含着热泪，只会点头称是。宗爷安慰他打起精神，准备迎娶吧！

两个媒人，不像昨日那样，耷拉着脑袋，挪着一双面筋腿回来。今儿个，手提鼓囊囊的五百大洋，两脚生风像神行太保拴了甲马一样，立马踢开王家大门，王家尚未掌灯呢！

再说王葫芦两口，正坐北屋，拥炉向火，谈笑风生地欣享胜利呢！冷不防昨日灰溜溜的两个媒人，踏进门庭，气宇轩昂地来到面前，顿时预感到该来的到底还是来了！一眼瞥见段希天亲将一袋沉甸甸的东西摔到面前，厉声地发话："王葫芦，这是五百大洋一个不少，现在还未交戌时，该没说辞了吧！"王葫芦的脸，仅仅在几秒钟内，便变得铁青，血压飙升，几乎晕倒，好在他老婆搭手扶住。段希孔不等王葫芦开口，便先发制人："你不想想王葫芦是啥人，说出话来板上钉钉，不是老婆家撒尿，人家吐口唾沫地上砸坑，绝不是那些下软蛋的浑小子可比，今天如果食言而肥，今后还能在人前站立吗？"王葫芦心知肚明，两个媒人将他的嘴巴堵得死死的了——有话说不出。可是今天自己吞了苍蝇，实在咽不下这口气，心里绞痛，嘴巴还不服输,知道事情无法挽回,今儿认栽!仍然强装镇定地说:"我王某一向说话算数,只是柳叶净身出户,不许带走一针一线!"两个媒人知道王葫芦是借坡下驴——还想找回一点脸面。心里一琢磨,战略上大获全胜,战术上小有损失,不可计较。好在柳叶一个女人家,翻箱倒柜也值不了几个钱,况且几个体己钱,昨天就被柳叶拿走了。就这样,一锤定音,媒人又连夜飞快地赶回西北庄。

周师傅和宗爷一伙,个个心神不定地还围坐炕头静候音讯,听到门外脚步响亮,接着"咣啷"一声,破门进屋,不等众人问话,两个媒人几乎同时同声:"妥啦!妥啦!"接着,希天说:"王葫芦哑巴吃黄连,满肚子苦水,却实在说不出口来!"

宗爷捋着胡须,思谋了一会儿,说:"先别高兴得太早,交泉村王家家族还有人,谨防节外生枝。不如咱们先发制人,冷不防先将柳叶领出王家,让他二人及早成婚,生米煮成熟饭,才算办妥一宗好事哩!"

在座的人,无不称赞宗爷计划得天衣无缝。只有周师傅忧心忡忡地说:"柳叶净身出门,我也准备不及,还是放在年后成婚吧!"

宗爷说:"现在还顾什么年前年后,以我看,择日不如撞日,腊月二十三小年,村上人杀猪,割几斤肉,沽几斤烧酒,周师傅和柳叶,都没什么亲友,就咱们邻居朋友,简单

164

摆几桌酒席,大家共聚一堂,饮个庆贺酒,就算了事。至于新房,我家院外三间小西房,闲置没用,况且有现成暖炕。明天叫几个伙计收拾干净,糊一层新壁纸就行了!至于米面油盐,由我家一并张罗。到时候,多来几个朋友随喜就行。一切简单从事,就别讲究虚套体面了。"

媒人说:"王家不许柳叶带走任何物件, 她连一身新衣服也没有。"

宗爷说:"借几件将就过去就行。明天先将柳叶接出王家要紧。"

就这样,宗爷一声令下,大家分头准备,今天腊月十八,准以二十三日为周师傅和柳叶成亲。

第二天大早,两个媒人四返交泉村,又悄悄通知了柳叶。王家不防他们来得这么突然。当柳叶还在门外与两个媒人说话时, 王葫芦的老婆惊觉地知道该发生的事终于发生了,于是抢先一步,将柳叶的房门上了一把锁。柳叶一眼瞥见,只气得欲哭无泪,想喊又无声。转念又想东西不带,往后还可置办,今日能跳出火坑,就天大幸运了。

媒人通知王家,他们是来领人时,柳叶的婆婆把鼻子都气歪了,转过脸没好气地:"知道!"柳叶还算大度,临走时,还面向绝情寡义的婆婆磕了个头,两眼湿漉漉地随媒人离开她苦守多年的王葫芦家大院。

柳叶出门时的确未带走一针一线,但是却还有好几丈棉布在染坊不曾取走，索性拾掇在一起，一并拿到七泉她爹娘家。赶做一身新衣裳还来得及。

宗爷凭着在村上的人望，周师傅又颇得大家尊重，个个乐意相助，送花布，拿鞋袜的，有不少人拿来米、面、菜肴，礼物轻重不等，有两家女人提来棉花、布匹。宗爷拿出一床崭新被褥，将新房收拾得颇有样行。提前生火，烧暖土炕，节令虽在数九寒天，屋里却一派温暖气象。

吉日这天，周师傅衣褂崭新，还特意穿上了柳叶亲手给他做的缎面新鞋，骑着一骑青骡，身后还闲着一骑披红挂彩的大红马，是为新娘预备的。迎亲队伍鼓乐齐鸣前呼后拥地走到七泉村，马铁匠夫妇门外拱手迎客。房里走出柳叶，也是穿着一新，头上还特意插上周师傅送给她的首饰花钿。

马铁匠家没什么嫁资可陪，只有两条新棉被，顺便搭在马背上。周师傅跨下坐骑，首次拜认了岳父岳母，老两口见了新女婿人才出众，乐得咧着嘴只是笑。然后一对新人各跨坐骑，送亲的只有柳叶父亲母亲，另外几个女人是柳叶好友。随着吹吹打打的迎亲队伍出了七泉村。

七泉距西北庄，虽说隔县隔河，却只有三里路程的一面陡坡，不一时迎亲大队又回到西北庄。新人下马时，鞭炮齐鸣，周师傅用一条红绸布牵着柳叶，脚踩红布，马铁匠夫妇及送亲客人，由执事总管招待入席。

饭后,马铁匠夫妇又被另外招呼到认亲席上,周师傅这才正式恭敬地磕头敬酒,认了岳父岳母。按当地风俗,母亲不送女儿出阁。可今天,柳叶只有这两个亲人,因此便不拘小节,父母一并登临。

中午酒席,虽说简单,但亲朋们觥筹交错,倒也不失热闹,直到宴罢席散,宗爷才舒口长气——总算了却了一件义举。

第二天谢媒人。一打早,柳叶起床,忙完洗漱,便下到厨房,亲手操作。不一时,酒菜安排齐备,周师傅亲自请宗爷和二位大媒让入上席。然后,一对新人,恭恭敬敬地跪到宗爷面前敬酒,宗爷连忙接酒,并扶起他两口。小两口又敬过两位大媒,周师傅无不感恩地说:"我周光祖单身在外,承蒙芳邻高友热心玉成,了却终身大事,周某没齿难忘。尤其宗爷的热心,不啻亲生父母。人常说,大恩不言谢,请诸位恩公满干这杯酒!"

封建社会,女眷们很少抛头露面,尤其公众场面,似乎没资格现身。可是马柳叶毕竟与寻常女流不同,天生一副叛逆性格,无论梳妆衣着,还是举止言行,处处彰显出惊世骇俗的气质。敢说,敢做,更敢于力争个人幸福。只见她当着新郎的话刚说完毕,也满斟一碗烈酒,大大方方地跨到恩人面前,又将扑在前额的一绺青丝往后一拢,快人快语地说道:"各位叔叔大爷,能费尽周折,拉扯我柳叶迈出王家门槛，又助我二人完婚，我虽为女流，从未滴酒沾唇，可今天舍命报恩公，我先干为敬。"说完，咕咚一口，将一碗柿子烈酒灌下肚里，立即，粉脸涨得像红透了的柿子，心里又是旺火燃烧，众客们念及柳叶如此真诚，都急忙干了酒杯，制止柳叶千万不可再喝。

腊月二十五，柳叶三日回门。周师傅提前一日便备好礼物，一大早，小两口来到七泉村马家门上，马铁匠夫妇乐不可支，特备白馍、饺子招待，全家人沐浴在无比欢乐的气氛中。

三朝过后，因新年临近，染坊积压染活不少，师徒们生起炉火开始赶着干活。人员中又添了麻利干练的马柳叶，洗、染、晾、晒样样得心应手。刚到除夕，染坊所积存活计都已做完，静候顾客登门索取。染坊宣布放假五天，徒弟们安心回家过年，趁空串亲访友。

正月初六，染坊重新开张，此前，各村来西北庄村走亲戚的客户，顺便带来的染活，周师傅和柳叶早已接收不少。今年徒弟们都早早报到，柳叶搭手生火，周师傅配备好各锅颜料，大伙便井然有序地各司其职了。

宗爷得空，也插手帮忙，生意日渐红火，每个人心里都乐得像灌了蜜糖一样，正当生意蒸蒸日升时，却不料一个不幸的消息降临到周师傅身边。

168

八、家罹磨难

这年三秋,有一天,周师傅收到一封家书,说是母亲病危,亟待见儿一面。又说,给他所应亲事,已经辞退。几个月前,女方已经另适他人了。周师傅手捧乃父亲书,来见宗爷。宗爷啥话也不说,只令周师傅及早返里。

周师傅交代说:"两个徒弟,都能独立操作,至于印染技艺,画图雕版,他们虽不熟练,好在两个聪明过人,不久会大有长进,应付裕如。我的所有工具,一应齐全,都给留下,新进的颜料,足够支应到年底,我至迟,明年春上就来。只是柳叶已身怀有孕,还望宗爷顾念就是。"

柳叶一听,不依不饶,一口咬定跟他同回济南,并说:"婆母病危,做儿媳的理应堂前尽孝!"宗爷也搭话道:"既然柳叶有这份孝心,你们一同回去更好,有什么过不去的坎儿,两人也好商量。"周师傅无话可说,只是顾虑欠宗爷的钱又要耽搁,不知何年才得还清!

宗爷不等他说完,便变脸失腔地呵斥:"周光祖,我们爷俩虽说年龄有差,但交情甚笃,你若认宗爷够朋友,再不许提及'还债'二字。再提一个字,无异打宗爷耳光!"

小两口连连称谢,言明再不提此事。宗爷让周师傅将账房粗算一下,拿够回家盘缠,并说:"小伙子,出门两年啦,应当风风光光地回见二老。况且你妈病危,吉凶难卜。你两口一路车马劳顿,就得折腾四五天,花钱地方多得很,你将柜上钱全带走,这里生意我一人承当!"

　　次日黎明,宗爷打发一个伙计,赶着两骑坐骑,一日之间,将周师傅小两口一直送到渑池火车站,眼看着二人乘上东去的火车,才放心地回报宗爷。

　　周光祖和柳叶二人,几天后回到济南老家,父亲母亲见儿子领着个年轻漂亮的媳妇回来,心里早乐开了花。母亲病体也好了许多,周光祖问及家庭情况,老两口未曾开言便潸然泪下。

　　原来几年前,周光祖离家出走,周家与济南府一家劣绅争风水打官司,仇家依仗权势,走通衙门,害得周家吃了一场冤枉官司。仅仅半年时间,可怜周家先祖留下的一份偌大家业便倒贴精光。输了官司,老父周裕泰又深陷囹圄。出狱后,军阀混战,染坊生意不景气,偏偏祸事接踵而来,家里又遭了火灾,几合宅院,一夜之间化为废墟,连门楼也不曾留下。爷爷辛劳一生,勤供职责,挣得的一块"勋垂奕世"金牌,也被烧毁,救火队拼死拼活只拉出来残缺的半块,仅剩下"奕世"二字。好在韩复榘的押款朱玺完好无损。周裕泰一家人蜗居染坊寄身,母亲气得几欲轻生,亲人们再三央劝，不曾扑火自焚，却气出一场大病，如今卧床多日，只求能见儿子一面，便死亦瞑目。

儿子和媳妇柳叶，好言相劝，柳叶体贴孝顺，侍汤煎药日夜勤劳，婆婆心境开朗，病情自然日见起色。

小两口将从山西带回的大洋，全部贴补家用，还准备重建家园，日子虽不比昔日风光，却也差强人意。

周光祖和柳叶，首先给远在山西的宗爷写信说明家庭情况，小两口准备重整家业，一时实难脱身，深望宗爷勿念。

小两口首先张罗染坊开张，原有师傅早已另行别就。他们俩虽说对染坊事业轻车驾熟，总因市面萧条，顾客稀疏，几个月下来收入寥寥，不过对付一家的开销还绰绰有余。

来年开春，婆婆在柳叶的悉心护理下，日渐康复，且能下床了。

仲春时节，柳叶临盆，竟然生了个又白又胖的大小子。家庭欢乐气氛顿时活跃，婆婆心境宽畅，高兴得脚手从不失闲。柳叶的婆婆大病初愈，经不起劳累。可是年轻人强不过婆婆，只好由她了。

父亲周裕泰，喜见添丁进口，趁着身骨还硬朗，乐得谋了个学馆，虽说身心劳累，却月有进项。再者，一肚学问也算派上用场。所以心里总是乐滋滋的。

转眼几年过去了,周光祖不能如约返回山西,但却时时惦念那边的亲友,尤其不能忘记的是宗爷。

周裕泰见儿子说宗爷绝对不让还债,可觉得欠的债太大,却回报无门。这是我一大心结,我必须设法报答。

一家人商量许久,总是想不出个巧妙办法,柳叶说:"宗爷对我们恩同再造,虽说人家不许回报,但我们可不能忘恩负义。"

周裕泰是一位老学究,他思虑好长时间,还是没有好的办法。

有一天下学回家,一眼瞥见从大火中抢出来的"勋垂奕世"半块残匾,两眼放光,心里豁然开朗道:"我们何不给宗爷送上一块金牌,岂非两全其美!"

周光祖也觉得办法挺好,可又为路途几千里,无法送去。

周裕泰胸有成竹地说:"不愁送。我们拟好内容字义,去到山西当地定做就是。"

周光祖说:"牌上写什么字,可不能太俗,宗爷家可是书香门第。"

周裕泰说:"先吃饭,等我再琢磨。"

饭后,周裕泰说:"我想好了,就用'债济薛人'四个字,再恰当不过了。"

儿子不解地问:"出自何典?"

周裕泰说："典出《战国策》一书。薛地乃孟尝君封地，因连年荒旱，百姓们交不起赋税，民不堪忧。孟尝君打发食客冯谖到薛地收债，冯谖看到薛地遍地哀鸿，百姓饿殍盈途，便矫命主人意旨，收集百姓全部债券，当众付之一炬。百姓深受感动，连呼孟尝君万岁。后来孟尝君遭齐王罢黜，回到薛地，百姓跪迎十里，彰显孟尝君债济薛民的义举。我家祖籍藤县薛城，正是孟尝君的封地，宗爷义举，实在足以当此殊荣！我认识一位大书法家，一笔好魏体，求他先写好金牌上的字，将咱家牌上残剩的韩主席印玺移作押款，岂不增光添彩。"

全家人都觉得再无比这更合适的办法，只是路途遥远，老学究不能亲往，只好让儿子周光祖和媳妇马柳叶前去。

柳叶领着儿子，执意跟随，顺便探望老父老母。

不日准备就绪，周光祖夫妇，南行徐州乘坐西行火车，沿陇海铁路，仍在河南省渑池县车站下车，雇得一个脚户，一家三口，当天夜间便回到了山西夏县西北庄村。

九、债济薛人

　　再说西北庄宗爷家,打周师傅走后,染坊生意依然红火不减,常常顾客盈门,月月获利,大伙总是忙得从无闲暇,干得劲头十足,也非常开心。不过大伙每想起周师傅两口,总不时念叨,"几年啦,周家情况怎么样呢?"

　　这一年正月,周师傅一家三口骤然出现在同伙面前,柳叶的儿子已跑得风快。大家就别提有多高兴啦。故旧乍见,周师傅抱歉地说:"家遭不幸、生意又不景气,这几年我和柳叶忙于整顿旧业,好不容易挣了几个钱,知道大伙为我们担心,这不就来了吗!"

　　接着周师傅又说明来意,大伙听说要为宗爷挂牌,个个欢喜雀跃, 只有宗爷连连摆手说:"当不起, 实在当不起,挂金牌这事,真令我惭愧汗颜。"大家异口同声地说:"完全当得起!"宗爷不好再说什么,只是还未爽快答应,柳叶发话:"宗爷,接受与否,是你的事,做不做,得由晚辈们说了算!"宗爷听柳叶如此说,终于拗不过众人,只好默许了。

　　宗爷经手,请来洛阳高手匠人,选好优质材料,择吉动工。不多日，金牌主体告成，周师傅将带来的"债济薛人"四个遒劲入木的墨宝贴上，木匠飞刀舞凿，匠心雕刻，又将韩复榘的印玺牢牢嵌上。上油刷漆，光彩耀眼，大功告竣，然后红绸蒙面，专候挂牌时揭彩。

挂牌揭彩，选的黄道吉日是二月二龙抬头这天。是日艳阳和煦，霞光盈门。宗爷门前早已拥来西北庄全村男女，好不热闹。染坊的徒弟们燃鞭点炮，在热烈欢乐的气氛中，周师傅登高，揭取蒙在匾上的红绸，顿时金牌露出神秘的真容。挂在门额上，整整占去一间门额。金牌边框赭石发亮，深蓝底色，正中自右向左横排"债济薛人"四个斗大浮雕烫金大字，金光闪烁，笔力惊俗，下款署名"山东省济南府周裕泰、周光祖父子敬献"，并嵌上一颗碗口大的朱红宝玺，显赫庄重，为整块牌匾起着画龙点睛作用。围观的人，个个翘指，瞠目咂舌，交口称赞，都夸工匠手艺不凡，无愧洛阳高手的称号。

人常说："会看的看门道，不会看的看花哨。"对于金牌的欣赏，平常人只能欣赏做工细曲，颜色配搭谐调，可很少有人能欣赏了"债济薛人"四字的笔力，出类拔萃，更别说理解其深奥含义了。

宗爷见几位年长者求问其出何典故，便借机向大伙介绍，在场的听者方才理解，其含义不只深奥，而且于宗爷的为人处世再也贴切不过。

175

上午,宗爷置办酒席,却是周师傅出面待客,亲朋们个个乐得酒足饭饱,一个个醉眼朦胧地离开时,还恋恋不舍地回头又对金牌多瞅一眼。

又延宕数日,周师傅理清了所欠村民的债务,小两口回禀宗爷,要回济南。宗爷知道周家期待他俩振兴家业,理解他们的心情,所以也不强挽留,临别时送了些当地土特产,打发伙计牵马起程。

十、金牌微澜

照常理说，"债济薛人"的故事就该结束了。却不料，多年以后，因金牌的事还掀起了一波微澜。

有一连队是镇守河防的国军，换防下来，驻扎到西北庄村，据说要修整月余。连长先派遣勤务长带上马弁，到村上为连部和战士号房子。二人找遍村前村后，并无合适的空闲房屋。南头有座关帝庙，却蜗居深沟，不适宜连部驻扎；东坡上有座禹王庙，地方过于狭窄。至于百姓家，不是人口多拥挤不下，便是地处过于偏僻，更没有练兵场所。最困难的是缺少闲置空地，不能解决战士临时茅房的问题。勤务长和马弁到宗爷宅院，一眼瞥见染坊宽敞，房后染布晒场可改做练兵场，临近一片麦田，禾苗尚小，可毁苗改做茅厕。

勤务长见到宗爷，疾言厉色地令其腾房，还要征用染坊、晒场和农家麦田，宗爷见来头不小，便好商好量地拿出解决的意见。

宗爷说："染房虽大，但正在营业，晾晒场地，也不能占用。至于住房，我想法解决。我家西跨院，紧挨崖根，有五间平房,三间瓦房,留有三眼窑洞,足可驻扎一连人,至于练兵和茅厕用地,我家村前二亩麦田,空出半亩平坦空旷之地,任凭你们挖坑筑厕使用,只求留下染坊和晾晒场地。"

勤务长不容置喙地说:"麦田有点远,西跨院住人出入不便。这是连长命令,谁敢不听?"

宗爷最看不惯那小兵盛气凌人的态度,便也没好气地:"你年纪轻轻,脾气倒不小,当兵吃粮,但也要体谅百姓苦衷。我给你提供住房,麦田,毁半亩青苗,够意思了,再停我生意,岂非逼命!实在不行,让你们连长前来见我!"

勤务长还没遇见过宗爷这样态度生硬的小小百姓。常说:"秀才遇到兵,有理说不清。"今天碰到这个百姓,竟然有胆量指名要连长登门见他,哼!我们连长也是你好见的吗。小兵有心再呵斥几句,转念又想,我禀过连长,让你尝尝见连长的滋味!便怀着报复心理,没好气地:"就让你见见连长,要不然,你还真不知道天有多高,地有多厚呢!"一边嘟囔着,一边头也不扭地拉着马弁,气哼哼地走了。

不一时,还是这名勤务长,果真领着连长来了。

连长约有四十多岁年纪,他听了勤务长加盐添醋的汇报,虽然也知道勤务长话里加了不少"苏打水",但听说宗爷点名要他亲往,平时没遇到过如此有胆量的老百姓,既然遇见了,我倒真要拜访拜访哩。

连长气哼哼地来到宗爷大门上,在门口三级石阶前,正要跨步进门,猛抬头,一眼瞥见这家门楣上高悬的金字牌匾,上书金光耀眼的"债济薛人"四个斗方大字,下款标名"山东省济南府周裕泰、周光祖父子敬献"。连长读过几天书,懂得这四个字的含义,况且他是山东人,不由顿生故土之情,知道"薛地"乃是战国四君子之一孟尝君田文的封地。在远离山东的山西夏县村野僻巷,何以悬挂这块金匾呢?一边想,一边迈上台阶,仔细端详其精美的做工,猝然间,眼睛一亮,分明看见了那颗似曾相识的朱红大印,没错,正是山东省主席韩复榘的宝玺,立马"啪"地一声,跨步向前,两脚并齐,马刺嗑出清脆的响声,接着五指并拢,面向金牌,毕恭毕敬地行了个军礼,勤务长糊里糊涂地,也跟着行了军礼。

接着连长憋着的火气消失殆尽,态度温良地进入庭院,亲自高声"有请主人!"

宗爷一见此人身旁站着先前的勤务长,估量说话的是连长到了。不过令人捉摸不透的是,连长何以拿出拜客的姿态,勤务长也失去先前那傲慢气焰了呢?

连长还是谦让自责地说:"老先生勿怪,属下战士年青不会说话,多有得罪。鄙人姓赵,身为一连之长,今日兵行贵村,须得修整,想借宝地驻扎一些时日,多有打搅,刚才手下小兵不会办事,冒冲先生,伏望先生指教一二。"

宗爷也态度回转地说:"既然长官如此谦恭,一切都好商量。我先前已向贵军勤务长交代,愿腾出西跨院所有闲房。另有三间小房,是济南府周师傅新房,现在夫妇回了山东,空出新房还可住人。刚才勤务长,硬要我染坊停业,占用染坊和晾晒场地。我愿豁上半亩麦田,任凭部队挖坑护栏,充作茅厕,也不想停止营业,勤务长不容商量,因此闹得有些不愉快。"

连长说:"先生如此通情达理,高待我军,卑职理当感谢,我回头一定责罚部下就是。"

宗爷忙说:"勤务长也是秉公办事,出门在外都有难处,长官千万不可为难下属。"

连长说:"先生高风亮节,腾房腾地,令卑职感慨毕至。至于先生献出半亩麦田,让毁青苗,在下也于心不忍,看看近处还有没有闲置空地?"

宗爷说:"前岭上,有几个碾麦场地,可作练兵用,至于茅厕选地,我家染坊南边紧挨崖根,有一片狭长菜地,冬季闲置,暂作茅厕可好?"

连长非常满意。高高兴兴地正要起身拜别,忽而有话要说,又坐回原座,问道:"请问老先生,贵府家门楣上所挂金牌,何人所送,牌上的字,有何含义?请先生勿吝赐教。"

宗爷这才醒悟,连长态度如此随和,原来是冲着金牌而来。于是将济南府来客周光祖娶亲之事,作了一番介绍,连长听得如痴如醉,无不咂舌称奇。

最后,连长自我介绍:"不瞒老先生,卑职正是山东济南人,所以见了山东省韩主席的朱玺,不由得敬佩顿生。看来此牌挂得合事理、贴人望,'债济薛人'四字,不光字体挺拔,更主要是含义深奥奇绝。"

宗爷连声谦恭:"长官过奖了,老朽实在受之有愧!"

一场风波就这样烟消云散了。金牌牢牢悬挂了半个世纪,栉风沐雨,历经沧桑,新中国成立以后,仍旧巍然存在。从来无人问津。

不过在"文化大革命"中却未能幸免于难,红卫兵不懂金牌的来龙去脉,更不晓得何为"债济薛人",在打、砸、抢的飓风恶浪中,糊里糊涂地将尘封半个世纪的金牌当作"四旧"给破除了。宗爷家虽说心疼也无可奈何,明哲保身,免生波澜要紧,索性任人劈柴烧了,赚得个家宅平安。

刘麦奇缘

垣曲县古城镇,域居黄河之阳,气候温暖湿润。每年夏收,沿黄一带的小麦成熟期,总要比西北山区早十天半月。麦收时节,垣上土地一马平川,金灿灿的麦垄,地毯一样覆盖大地,放眼望去,一片丰收景象。这时,麦农们谁都心急火燎地,恨不得一夜,将满地麦穗收打归仓。

民国年间,这一带时兴赶麦场。住在深山穷苦人家的闲散劳力,趁自家麦田未黄,往往成群结队,赶往山下,一来帮财主们割麦打场,再者,挣几袋苦汗粮食回家,贴补一年的衣食花销。

地界垣曲县城正西的平陆、夏县边沿,一些有劳力少土地的穷汉们,每年麦收时,趁自家麦田未黄都要三五成群、搭帮结伙,到古城一带赶麦场,打短工挣粮食。垣曲城的百姓们,称这些外来穷汉为"西门上"人家。

平陆县七泉村张家门里有个叫张三喜的小伙子,二十好几未曾娶亲。三喜生性内向,又木讷寡言,甚至往往做事似痴似傻,让人很难琢磨,因此被人低瞧,当然不会赢得女郎芳心。

可是三喜却外柔而内刚。自幼勤恳，喜爱干活。年纪轻轻，便练就一身劳动本领。扶犁掌耧，无不在行。尤其长于收割小麦。手脚麻利，无人攀比。别人一天忙忙碌碌，能割二三亩，三喜则不然，他不慌不忙，一天收割总不下四五亩。有一次小伙子们比赛割麦，他铆足浑身力气，日出日落一天收完八亩沟坪地的麦子。从此，三喜头顶被冠了个"慢八亩"的称号。

今年麦熟，三喜又相伴村上几个穷汉，每人手拿两把镰刀，肩背褡裢，沿黄河东下，直奔垣曲县古城。当晚落脚城东五里的寨里村。

寨里有个叫王东才的财主，有几百亩小麦，南风一夜熏得全熟，正急着催短工收割呢！

寨里村东头高地，有座奶奶庙，里外空旷宽敞，是这一带一个原始的劳务集散市场。麦收时每天打早，打工汉子便聚集庙内，静候收麦人家前来雇领短工。

一打早，三喜一行习惯地来到奶奶庙，庙内早有几个城镇务工闲汉等候。城镇闲汉见到新来一帮小伙子，听其口音，知道是"西门上"来的。出于同行是冤家的嫉妒心态，深恐抢了他们的营生，便欺三喜一伙西门上汉子，没见过"大天"，遂流露出一副形状乖劣的鄙睨眼神，总想没事找茬地取笑他们，并三三两两，指指点点地悄声议论："看他们浑身'山气'。"

三喜一伙看在眼里,听在耳里,也明在心里。外路人初来乍到,不愿惹事,却也无辞反唇。只能当作"扯淡",心下暗受了。

忽然,三喜肩背褡裢,手拿镰刀,踅到庙内后墙前,表现得"傻愣愣"的,用一双似痴似呆的目光,紧盯庙里坐塑泥像,足足打量几分钟,才憨态十足地用镰刀指着泥塑像问城里汉子:"那是什么?"城里的愣小子自作聪明地:"傻瓜!山里人,连那都不知道,那是'娘娘爷'。"说完,用轻蔑的眼光扫视了三喜一伙。

三喜还是装得不明白:"我说的是'娘娘爷'背后,忽高忽低的。"

一个闲汉厉声似怒带嗔地,"那是大山, 就是你们家住的大山!"说着,对三喜又嗔目斜视地瞟了一眼。

三喜却不愠不火, 仍不识相地继续发问:"我问那山顶头一撅子一撅子,着红挂绿,似人非人的那些家伙。"

一个城里闲汉真怒了, 竟然出口不逊地恶骂:"你真是憨蛋! 太不懂事了,竟然亵渎神灵是'那些家伙'。实话告诉你,那山顶上住的都是爷爷。"

三喜表现得"恍然开窍"了,便有意加重语气,又拉长腔调,一字一板地:"噢——,我确实是憨,承蒙大哥指教,我总算明白了,原来住在山顶上的人,全都是爷爷!"

在场的务工汉们,很少有人品出三喜话中滋味。三喜

184

同伴中有两个,咬了下耳朵,忍俊不禁,却没敢出声。

这一场玩笑开得有点过火,全被一个走进门的少妇听了个清楚,也看了个了然。她暗自佩服,这个背褡裢的"西门上"小伙子头脑聪明。她什么也不说,仅仅抿嘴暗笑一下,接着,指明要"西门上"一行,随她回村。

这个认领短工的少妇,二十挂零,上身白净纺绸半袖衫,蓝色扣绊,衣领、衣襟和袖口,一律蓝条沿边。下身,阴丹士林长裤,脚口紧贴寸把宽的缠枝梅花边,脚着两只翠蓝紧口布鞋。一身简朴,不知是衣可人身,还是人身可衣。不显肥,不显瘦,既不觉短亦不觉长,穿在身上,肌肤紧贴,将少妇特有的丰乳肥臀之曲线美勾勒得恰如其分。头挽乌云元宝秀髻,横别一柄翡翠柳叶镶银簪。两汪清水大眼,神采自露。少妇头前领路,两臂前后交替微摆,一双天足举步轻扬,乍看有如春风摆柳,疑似仙子凌波,风度翩翩,大方潇洒,落落有致,给人没有一点小家拘泥之感。

少妇名叫小娥,是距古城二十多里的长直人。她家麦子尚未成熟,每年都要先来寨里姨家帮工收割几日。

小娥只生得仪表楚楚,眉清目秀,然却命乖运蹇。自小,父母包办婚事,15 岁出阁,嫁了个大她 5 岁的痨病秧子。小娥婚后一直不曾解怀,女婿便撒手归西。三年忧忌刚满,小娥脱去丧服,庶几另适他门。如今,无牵无挂,孤身寄住娘家,说媒提亲的踢破门槛,却没有一家令小娥满意。小娥命运不济,且身世平平,却心比天高,这一回非要自己做主,不找个称心男子决不答应。如今20多岁,年少孤孀,空房独守,不曾改嫁,爹妈整日熬煎,女儿也常是郁郁寡欢,满腹忧心。

　　小娥聪敏过人,只看她的衣着便知。女红针黹,百里挑一。无论家里杂务,还是地里农活,全都拿得起,样样精悍。尤其收割庄稼,真是轻猿攀枝,好不麻利。单就割麦而言,镰刀操在她手,一头扎进麦垄,挥动玉臂,眼见银光闪烁发亮,耳听麦秆嚓嚓有声。身子淹没在麦垄里,脚后掐掐麦堆相连,像一条长龙,紧随小娥冲向地头。一般年轻小伙子想追上他,也只能望"影"兴叹。小娥一人,一天少说也割三四亩,在家乡长直一带,落了个"一张镰"的诨号。正因如此,寨里姨家,每年收麦时叫唤小娥前来帮工,而且总要她打头领作。今天姨夫王东才安排活计分不开身,便打发小娥到奶奶庙选领短工。

　　三喜一行随着小娥到了王东才家。

　　王东才是寨里一家财主,人却心地善良,从不刻薄劳力穷人。见大伙进了门,忙让老婆伺候用饭。饭毕,叫人背着几块磨刀石,拿着一把捆麦麻绳,小娥领路,一行走到垣上割麦。

　　垣上小麦成熟,金黄覆垄,一眼望不到边际,畦畦紧连,地身少说不下300米长。王东才让小娥居中拱洞,三

186

喜一伙两边雁翅排开,小娥挥臂舞镰,身手不凡,小伙子们,甩膀开割紧撵不舍。

小娥不愧为领作头儿"一张镰"。她拱进麦垄,游龙戏水,首尾不见,射箭一般,疾步向前。她的三垄小麦,如同飞舟破浪,立即出现一条麦洞,不到十分钟,大伙犹如田径场上运动员竞跑一样,距离早已拉开,快慢相差分明了。

紧跟小娥身旁的是三喜,他一不慌,二不忙,轻悠悠,慢腾腾。镰声飒飒,节奏分明。距小娥只有一把麦子的距离,他却既不超越,也不落远。总是不离不弃地贴近小娥。不知是真逊小娥一筹,还是不愿有伤小娥自尊。反正,一直保持超短距离,不肯超前。

至于其余伙伴,连同东家东才,则就落得远多了。打前的小伙子,没有三五分钟别想撵到小娥跟前,打后的就别提落多远了。

不多会工夫,小娥率先割到地头。地头柳荫下备有磨刀石,只见她将镰刀往磨石前一扔,舒一口长气,手拿粉红手帕,擦一把汗,蹲坐在一块青石上,索性甩着手帕扇个不停。

小娥一直在心里嘀咕:"这个叫三喜的小伙子,割麦本领绝非等闲。这么长的麦垄,他都始终紧贴我身,应该有力量超我,可为什么总是不弃不离呢?"

正在琢磨间，只见三喜已蹲在磨石前，镰刀搁在磨石上，刚要蘸水磨砺。小娥却只向三喜瞄了一眼，又瞅了下自己的镰刀。这一细微表情，跟前没人，但三喜却心领神会，忙放下自己的镰刀，拿起小娥的镰刀"霍霍"地磨起来。"呼哧"、"呼哧"，三两下，用拇指在刀刃上一摸，"好了"。递给小娥。

小娥满脸疑虑地说了一句，"你打发叫花子啊！"

三喜轻扬地一笑："试试看。"

三喜、小娥，两人谁也没有相理，接着，伙伴们陆陆续续相继割到地头，第一件事还是磨镰，不磨镰的，喝水，乘凉，稍事休憩。

第二个回合开始，小娥依旧打头，奇迹发生了。不知是三喜将她的镰"打发"得锋利，还是小娥的心态愉悦。这一次镰刀操在手上，顿觉轻快异常。右手握镰，左手抓麦，镰锋似乎未触及麦秆，麦子总是一把一把地倒向小娥手里。天气虽说酷热，可小娥心里美滋滋的，轻风微吹，迈进的速度加快多了。割麦声"飒飒"直响，完全消失了往日"咔嚓、咔嚓"，既费劲，又费镰刃的声音。不知不觉，又回到另一地头。三喜相率而至。刚要落座，一眼瞥见磨刀石前又搁着那张镰刀。三喜心里敞亮，拿起就磨。又是三两下，搭手一摸，"妥啦！"将镰递给小娥，"试试看"。这一回小娥干脆："甭试。"脸上的疑云，完全消散殆尽。

188

正当中午,东家将饭担到树荫下,呼叫开饭。麦工们参差不齐,离地头有近有远。依然是小娥和三喜先到。小娥拣起一个大钵碗,首先盛了一碗满得溜尖的面条,递给三喜。三喜正忙着磨镰,满脸汗水,顾不得擦,也顾不得接碗。小娥杏眼四顾跟前没人,悄悄拿出一条雪白汗巾,亲手给三喜擦了下汗,又将汗巾递给他。三喜愣不丁地手接汗巾,又擦一把脸,将汗巾递回小娥。小娥低语细声:"我还有。"三喜便知趣地将汗巾藏起来。放下镰刀,接过面碗。只听"呼噜、呼噜"直响,连扒带咽,满满一碗面条,不知打哪里吞进肚里。好大会儿,嘴里的余香不散,足足回味了半个时辰。

　　等大伙到齐,用饭,三喜早已躺在柳荫下呼呼打鼾了。

　　忽然听得王东才发话:"五黄六月,龙口夺食。用过饭立即干活。"

　　大伙都似乎没听清。有人问,"中午不歇晌吗?"

　　"不歇!"东家答得干嘣清脆。

　　三喜翻起身,用疑虑的眼神瞅瞅小娥,小娥似乎也不明就里。

　　三喜沉着脸,拿起镰刀,无精打采地走到麦田,小娥也莲步轻移,两腿灌铅,蹒跚慢挪地跟上。

　　烈日当头,酷热难熬,仰望苍穹,骄阳似火;俯视大

189

田,烈炎蒸腾。大有一触即燃之危。麦工们置身垄中,脚蒸暑土,背灼天光,直比蒸笼。即使烤不焦,也得蒸个半熟。

三喜悄然无语, 只顾紧傍小娥割麦。尽管有小娥相伴, 减轻好多劳累, 可从未经过大热天中午不允许歇晌的。就这样,一镰一镰,一把一把地,熬到日头好不容易坠下西山,夜幕降临,大地一片朦胧,东家又拿来一捆绳索,七八条扁担,要每人担两捆麦子回场。

三喜一肚怨气已经憋了一后晌,正没处发泄,眼下又让担麦捆。他不干了。

"东家,我有夜盲症,空身走路也看不清道,更别说担麦捆。"

"大路这么宽敞,担轻些,紧随头前人,没错"。东才说。

"噢,听明白了,紧随头前人没错。"三喜特别强调"紧随头前人没错。"

三喜担着麦捆, 小娥抱着几把镰刀, 王东才手提饭桶,肩扛一块磨刀石。

三喜担麦,"紧跟头前人",一点也不含糊,可是东撞西撞,轻步乱挪地晃荡着下坡,走进一个土胡同,有意冲撞"头前人",三喜的麦挑子翻了,麦捆骨碌碌顺坡滚下,直到将一个麦田归来的小丫头撞倒,才算打住。丫头哭鼻抹泪地还爬不起身,东家上前拉起。喝问三喜怎么回事,

190

三喜毫不服软地说:"我说天黑什么也看不见,你偏要我'紧随头前人没错',谁知就闯了祸,能怪我吗!"

王东才一肚子火气,可撒不出来,只得气冲冲地将自己肩上磨石递给三喜。

三喜好像又有了夜眼,一路顺顺当当将磨石背回东家院里。这一切,小娥都"侦察"在眼里,明白在心中。

三喜肩扛磨石,立在堂屋前当院大声问:"东家婆,磨石放哪儿?"

东家婆姨正在忙于做饭,顾不得回头细看,更没听说过哪个人有夜盲症,便随口应声:"撂那儿!"

三喜一听"撂那儿"三字,便端端地照着台阶前一个喂猪瓷盆砸了下去。

"咣当!哗啦!"连声巨响,东家婆姨扎着两只和面手,出来一看:"你这人不长眼睛吗? 怎么偏偏往盆子上撂呀!"

三喜理直气壮地:"我问过你撂哪,你让我撂那儿,我就撂那儿,并没看见盆子。"

正当吵嚷搁不下台,小娥抱着一捆镰刀进门。一看情景,就知道三喜撒的还是中午的气,忙上前打掩护。

"姨,这个人没夜眼,他晚上什么也看不见。"

一场风波就这么平息。好在只砸了个瓷盆,未闯大祸。三喜就洗手擦脸,准备吃饭。

不一会,担麦捆的小伙子陆续进院。开饭了,小娥端出一盘白蒸馍,故意将一个玉米面馍压在顶头,不卑不亢地轻轻往桌子中央一放,人却不走开。"看你三喜还能耍出什么花点子!"

桌前的麦工们,谁都不率先取馍,一个个抱住汤碗,"哧溜,哧溜"喝个不停。

三喜呢,心里再明白不过。知道这是小娥跟自己开玩笑。今儿个,给我出这个难题,够损了。不过,你有来,我有往,看我接招吧。

只见三喜不显山,不露水,心胸坦荡地伸手拿馍。伙伴们专看他拿走黄馍,自己快取白馍。可是三喜伸手瞎摸,"无意"中将压顶的黄馍撞翻在盘外,还佯装"失手",在桌子上空摸几下,照准盘中白摸就抓了一个。一掰两半,刚要张口,大门口进来一位农妇,手拉一个正哭鼻子的女孩。气哼哼地嚷着:"我倒要问问,你家哪个短工,凭什么睁大眼睛,撞翻我家小女子。"

三喜知道惹了麻烦,却也无话辩驳。只顾埋头往"碗里"泡馍。小娥还站在他身后,忙替三喜圆场解围,急步上前。

"二婶子,不好意思,我家这位短工,天生夜盲,无意撞翻妹子。妹妹别哭了,姐给你拿个白馍尝鲜。"说着,转身伸手拿馍,一看,三喜碗旁边有一堆馍块,碗里却一块

192

也没。小娥似怒似嗔地说:"你这人没夜眼看,该有手摸呀,把馍放在桌子上一堆,不白泡了吗?"三喜佯装吃惊地双手乱摸一气。小娥回头就坡下驴地说:"二婶子领妹妹回去吧,你都看见啦,他真不是故意的。"在座的短工们都帮着圆场,二婶眼见为实,哄着女孩走出大门。

小娥呢,嘴里没说什么,却为三喜的机敏,打心眼佩服得五体投地。

以后,东家再也不敢让三喜担麦捆,也不敢让他背磨石。只是麦收紧张,还是不让短工们中午歇晌。

大概是收麦子的第五天,东才家麦收已到扫尾阶段。一打早,短工们依旧紧随小娥走到麦地头。大伙将要搭镰,猛地,三喜看见地头柳枝上一只乌鸦,乌黑发亮。只见他拾起一块土坷垃,照准乌鸦掷去。乌鸦"哇"的一声,展开翅膀,箭一般地飞向东去。三喜更来气了,飞起两腿,边追边骂。"日娘的,谁让你飞到这里来,不赶快飞回西门上,偏要往东飞。"还是马不停蹄地撒腿追打乌鸦,嘴里还操着垣曲口音骂个不停。

麦田的短工们,都顾不得搭镰,一个个傻愣愣的眼光追看三喜身影,谁也摸不清三喜葫芦里卖的啥药。三喜呢,一股劲煞有介事地满地追,脚下踩倒不少麦子。

小娥满头雾水,虽然猜想三喜又是花样翻新,可是这会儿,怎么也琢磨不透其中奥秘,也跟大伙一样,手掂镰刀傻看。

王东才到了地头,看到这幕闹剧,忙吆喝三喜停止追赶,问是咋回事。三喜远远地,手搭喇叭大声回道:"这是我西门上家乌鸦,迷了路,我要赶他回家。"

东家来气了,"凭什么说是你家乌鸦?"

"我家乌鸦是黑的。"三喜答得理直气壮,"我一眼就认它出来!"

东家更生气了。"天下乌鸦一般黑,偏你西门上乌鸦是黑的!"

三喜见东家入了彀中,这才拉长声音,一板一眼地回道:"天下乌鸦一般黑,可是大热天中午歇晌,天经地义,你家偏就破这规矩?"

王东才气哑了,干张口,说不出话来。小娥总算明白了这场闹剧的主旨。她早已扔下镰刀,三步并作两步地跑到三喜跟前,似嗔非嗔地压低声音:"求你别闹了,乌鸦飞我家去了,明日去我家收麦,一定让你看到黑乌鸦。"

三喜还想说什么,可是看小娥一双明嗔暗求的眼神,一肚子怨气即使有座冰山,也化了。

姨夫王东才脸色铁青,半天透不出一点血色,经小娥劝说,也就缓和了许多。

这天中午,短工们开始中午歇晌了。

姨夫家麦子割完,剩下的是赶车拉麦、碾场的活计,用不了这么多短工。

小娥该回长直了,她亲眼见"西门上"短工个个都是强手,便想挑几个领回去,先征求大伙意见。大家异口同声表示都愿随。小娥面对三喜,调皮地问:"我家长直路途不平,你没长夜眼,追乌鸦可小心,千万别摔下沟去。"三喜也风趣地回答:"有你在前头领路,我就不怕掉沟。"

第二天清晨,小娥领着一行短工,赶往长直小娥家。用过早饭,便马不停蹄,直奔大田收麦。

小娥依然打头,三喜紧傍。不多工夫,双双率先到头。三喜还是磨镰,小娥瞅没人近前,便靠近三喜俏问:"你还是不肯使出真功夫?"

三喜猛吃一惊,却佯装听不懂:"什么真功夫?给你家收麦,我还不够卖力?"

小娥慧黠一笑,"听说,你们一伙,有个绰号'慢八亩'的,知道是谁?"

三喜红着脸,摇了摇头。

小娥说,"明天让他现形。"

晚饭后,小娥对爹说:"西门上一伙,个个都是割麦强手,为了赶收赶种,提高功效,咱们明天上东岭大田比赛割麦,割得快的加倍发薪,怎样?"

爹觉得小娥建议太好了,麦子早收一天,少受很多损失,加薪不算什么。

次日打早，短工到地，个个摩拳擦掌，正要开镰，小娥爹发话了。

"大伙先慢开镰，今天我立一个规矩——比赛割麦。每个麦工占八耧二十四垄麦子，大约五亩，赶天黑收完的，日工薪一斗麦子，少割一耧，减二升。依次递减。有意见吗？"

大伙都同意，拍手叫好。只有三喜不表态。

小娥爹问："三喜，你不敢吗？"

三喜瓮声瓮气地回答，"有什么不敢呢？"

"那你为啥不表态？"小娥爹问。

"赌注太小，不值得。"

"你说，赌什么？"

"你已经立了规矩，我说顶用吗？"三喜一脸不高兴。

小娥爹说，"你说的合理，就照办。"

三喜早有谋划地说："这一坪地，两耧到头，大约一亩。其他人照你计划的收割，按等级分发工钱。我单独和小娥比赛。"

小娥爹知道小娥的本领非同等闲，没想到三喜提出和小娥比。他问："你说怎么比法？"

三喜不慌不忙地说："小娥割三垄，而且照旧领先三把麦。我割两耧后追。到地头追不上小娥，愿给东家白干三年长工，分文不取。"

小娥爹乐了,可是老成持重,面部未露丝毫喜悦。他知道小娥是名贯长直的"一张镰",今天这个愣小子,心太狂。竟敢承揽六垅比赛,还拿三年长工下赌注,我看你苍蝇钻牛沟——找死吧。不过他还是问三喜:"就按你说的,要追得上呢?"

　　三喜一脸庄重地说:"东家,我说话不知高低,说出来,无论同不同意,你得保证不许发火。"

　　东家暗想,三喜不会让我赌家业吧?可他稳操胜算地思忖,小娥不会输的,便平心静气地:"我决不发火,你大胆说。"

　　小娥也满腹心思,摸不清今日三喜又玩什么花肠子。可万万也没想到,三喜竟能说出以下的话:

　　"要是我超过小娥,我领她回西门!"

　　在场的人,谁都大吃一惊。小娥父女俩,脑袋炸雷一般,简直不相信自个耳朵。沉静了足足 30 秒钟,才恢复常态。

　　小娥爹说:"小伙子,你敢开这样玄的玩笑!"

　　三喜一字一板地说:"老伯父年过半百,我一个毛头孩子,敢在你老跟前开这样的玩笑?你们父女俩合计合计,如不同意,今天我说的全当刮风,至于比赛,我退出。"

　　小娥静下心来,思虑好大一会。这几日,对三喜观察了解得也差不多。认准三喜确实是个聪明过人的好青年。

只是担心,他敢揽六垄麦子和我比,万一他输了,可就惨啦。又想,我不会让他输。可是他赢了,我得跟他上西门。反复斗争了一会儿,还是"愿上西门"占了上风。虽说隔县隔山,路途遥远,可一辈子跟个称心的汉子,值得。于是小娥把父亲拉到一边说:"爹,就这样吧,三喜不会赢的。"表面上给爹吃了颗定心丸,其实小娥肚里别有打算。爹却蒙在鼓里。

"西门上"的同伴,尽管知道三喜有超人的本领,可没想到三喜敢揽六垄比三垄,不能不令人担心。万一输了,就惨啦。

霎时,大伙各自占好地盘,一头钻进麦垄,谁都不想怠慢。

小娥认好三垄,先割起来。奇怪,往常,小娥一把麦就能放出去丈把远,可今天,怎么三把麦才一丈多呢。三喜似乎有所察觉,知道小娥心在向他。

小娥并没有多平静。她既怕输,更害怕赢。心里十五个吊桶打水——七上八下,不知如何是好。一颗芳心却悬在嗓门上。

三喜敢如此大胆下赌注,庶几蛮有把握。为什么敢揽一倍于小娥的垄数,他有他的想法。他决心赢得小娥人回"西门",更要赢得小娥的心。所以,三喜要使出"慢八亩"的解数,显现庐山真面目——将小娥连人带心一并"俘获"才算称心。

三喜能耐大,工具便与众不同。首先,他用的镰刀是纯钢特造,刀刃锋利耐久,而且远比一般刀刃长一倍。一般镰刀一下割一行,三喜却总割两行,再加之手快,握麦把又大,割起来,不亚于芟麦片刀,眨眼就是一大片。

再说小娥,真不愧为长直"一张镰"。人淹在麦垄里,迎面看,犹如蜥蜴钻沙,只见麦梢微动,却不见人影。身后看,麦把堆堆成行,像一条龙舟破浪,小娥头戴草帽身子涌动在麦垄中。

三喜呢,依然不慌不忙,紧贴小娥,既不超前,也不落远。不过,三喜每割一把麦,总抵过小娥两把。小娥爹站在地头,轻捋髭须,稳操胜算地微笑。

霎时,三喜、小娥二人,都割得离地头两三丈远,冷不防,三喜猛睬"油门","马力"骤然加大,一反从悠然变为匆忙,原来在垄中是五尺五尺慢追,现在变成一丈一丈冲刺了。

小伙子们看着三喜乐了。

小娥爹的脸色,在几分钟内多云转阴,眼看要下雹子了!

小娥只顾埋头抢割,猛不防,三喜借了哪路神仙相助,从没见过他如此之快,像一匹脱缰野马,擦身向前,马上就六垄结束了。小娥未割的麦垄尚有五步之遥。小娥心底认输,索性拿着镰刀跑进柳林。

三喜麻利地,将自己的六垄麦子收拾干净,将镰刀一扔,追进柳林,拉住小娥玉腕要往林外走。

小娥羞得满面桃色,屁股死蹲,不肯起来,恳求地:"别拉拉扯扯,麦田人多,笑话。"

三喜却不肯放手,说:"你不走,我抱你走。"一头说着,便要动手抱小娥。

小娥急了:"谁要你抱!我自个走出去。"

"不行,我要亲手拉住你,免得你爹反悔。"

小娥斩钉截铁地大声说:"我爹说话算数,决不反悔!"故意高声,好让大伙听清,作个证人。

小娥爹见三喜拉着小娥走出柳林,三喜当着众多短工的面问:"东家,看见了吧?"

小娥爹苦笑着,手打嘴巴。满面羞愧,却又无可奈何地:"你放开手,我今日认栽。"

三喜放开小娥,小娥红着脸跑开,小娥父亲,真像吃了苍蝇,吐不出,可也不甘心咽下去。好大一会儿,一脸惨白,无有血色。

还是小娥走到爹跟前:"爹,你老认了吧。女儿命乖运蹇,年少寡居,能遇上三喜聪明能干,我不嫌弃,你二老总该放心,还有啥说的。"

三喜见小娥劝她爹,也主动上前:"东家,我保证一辈子不让你家小娥受半点委屈。"

众人个个来到地头一齐凑着相劝。小娥进一步劝爹："爹还不知道，我在姨夫家收麦，对三喜观察了解再清楚不过了。你没听说过，三喜就是'西门上'有名的'慢八亩'啊！你老不是等闲之辈，一向说话板上钉钉，这回答应了吧！"

小娥爹只是一时转不过弯儿。可又细想，小娥出嫁六年，寡居三载，至今婚姻不果。小娥随心，我二老还能说什么呢。只是不好意思立即回头，可又就坡下驴地冒了一句："百事称心，只是远了些。"

三喜说："我保证和小娥每年多看你老几次。至于收麦，二老放心，我俩每年早来半个月，包你个颗粒归仓。"

众伙伴齐说："紧要时候，我们都来帮忙。"

小娥爹咕嘟了嘴。

小娥妈，也是一个开朗妇人，既然他们父女俩同意，也就爽快答应了。

翌日早上，三喜磨好镰，走到二老跟前："爹、妈，小娥听人说我名'慢八亩'。确有其事，不过，要在一天之内割八亩麦，最少得八个白馍填肚，还得十个生鸡蛋止渴。我给别人打工，从不愿意劳烦东家。在寨里姨家，我每天不少割麦，可还得顾及小娥面子，不敢超前。现在垣上麦熟，亟待收割，给我加十个鸡蛋，今天施展一天工夫如何？"

小娥说："我陪你。"

三喜说："好！"

垣上划了一块十多亩一方块的麦子。小两口一齐上地,都准备显显自己的本领。三喜、小娥,一个郎才,一个女貌,董永偕七仙,淹入大田,割起来,真比茇刀还快,日头刚压西门山头,十几亩小麦便躺满地坪。

伙伴们也奋身卖力,合伙齐心,赶收了二十几亩,小娥家的夏收总算结束了。

"西门上"一伙,都要回家。三喜爹说:"西门山上小麦未必全熟。大伙可先回,三喜留下,我有安排。

小娥爹给大家算清工钱,个个扛着几斗小麦回到寨里王东才家,连王东才家的一并算清,几个人雇了头骡子,驮回西门七泉村了。

三喜留下,小娥将三喜衣服鞋袜统统换洗一新。又拿出一双崭新布鞋,让他试脚。三喜一试:"怎么这么可脚啊！"小娥说:"在姨家,我就偷量了你的鞋,回来后,晚上背着爹妈做的。"三喜心里乐滋滋地真比吃了蜜糖还甜。调皮地说:"原来你早就有'勾'我的野心了。"小娥也不依不饶:"你不也早就有'拐带'我的贼胆了吗？"三喜默认了。

三喜在小娥家打完场。小娥爹说:"小娥已是你的人,我啥话不说。只是你们未成大礼,孤男寡女多有不便。再说你回去咋向族里村上交代呢？"

三喜曾有那么活泛的嘴巴，此刻倒哑巴了。

小娥呢，也咕嘟了嘴，不知如何是好。

小娥爹说："年轻人只顾莽撞，此刻没主意了吧。"

二人依然没话可说，小娥一味地拧手帕。

小娥爹说："如今，咱家麦已收罢，趁这短暂空闲，我已作了安排。明天在咱家简简单单摆两桌，请来族长、至亲、近邻为证，你俩就破个例，在此圆房。三朝后，我陪送小娥一头大青骡子。三喜甭算工钱了，我给你驮一骡麦子。伙计牵一匹大红马，送你两口回'西门上'如何？"

三喜、小娥只会点头，能有什么可说的呢！

小娥爹又说："你回去告诉亲家，忙过夏收，为你们另行请客补办婚礼，到时我再前去贺喜。一来大忙季节，再者小娥另婚，我们也不讲究什么三媒六证，一切从简吧。"

翌日清晨，按照小娥爹的安排，设宴请客。忙碌一天，才算了事一宗。

晚上，三喜、小娥两口入了洞房。小娥特意端来一碗拌汤，捧到三喜面前，狡黠地说："我家乌鸦与你家不同。新郎进洞房，先喝一碗消烦汤，以消一切烦恼，求个万事如意。"说着舀了一匙咸盐调进汤碗。

三喜接过碗，正要喝汤，小娥挡住："先别忙喝，有一句话，答得令人满意便罢，答不好，可要罚跪的。"说着，又

203

舀了一匙盐调进碗里。

三喜不解地问,"你不是刚调过一回盐了吗？"

小娥正颜厉色,一字一板地:"我这可是二回(婚),看你咸(嫌)不咸(嫌)？"

三喜见小娥忽然说话板眼认真,悟出小娥肯定话中有意,我得想好,答话得让她满意。

三喜拿过醋瓶,嘟嘟嘟往汤碗中倒了些醋,夺过碗猛喝一口,还好,不太咸。接着边喝边说:"不咸(嫌),不咸(嫌),二回(婚)也不咸(嫌)。"香香和和地喝了个碗底朝天。问小娥:"满意吗？"小娥会心地笑着,"满意,这回我可放心了。"

三喜转守为攻,"我家也有风俗,新媳妇要回答新女婿问话,答得满意便罢,不满意,新媳妇可得给新女婿洗脚,还要宽衣解带!"

小娥何等聪明,早警惕着三喜会有回奉的,就说:"你随便问。"

三喜说:"三天后我们回西门上,上百里路程,何时起身,何时抵家？"

小娥说:"有脚力不会慢的,日出东山起程,日落'西门'抵家。"

三喜说:"想不想返回？"

小娥细品话音,爽朗回答:"为什么返回(反悔)？你放

204

心,我一辈子也不反悔。"

三喜说:"劳累一天了,早点歇吧!"

小娥说:"甭急,还没完。"

三喜说::"还有啥花样?"

小娥说:"你听好了。高高山上插红旗,又卖柿子又卖梨,有钱吃我柿子梨,没钱啃我西瓜皮,我问你,有钱还是没钱?"

三喜说:"有钱。"

小娥说:"那你吃柿子梨?"

三喜说:"有钱,身边没带。"

小娥说:"还是没钱,只能啃西瓜皮了。"说着将粉脸向前凑了一下。

三喜仍未解开,"没见你有柿子梨,也没见西瓜,哪来的瓜皮呀?"

小娥说:"远看。"

三喜远看小娥身后,"什么也没有。"

"近瞅。"小娥暗示性地,将胸部略往前倾。

三喜猜想,该在小娥身上做文章了。便先扫瞄左右,又从小娥脚下瞄到胸前。目光盯住两个隆起部位,又移到其调皮的脸蛋上。惶然醒悟了。

"好啊! 你竟敢捉弄我,看我怎么摆置你!"

小娥说:"你想怎么摆置, 总不会光是给你洗脚宽衣吧？"

三喜说："今晚，洗脚就免了。真想洗，以后有的是机会。"

"那你想咋个摆置法？"

"你别以为你两头沾光。我没钱，却要啃西瓜皮，不管柿子还是梨，都要吃。"

小娥红着脸说："我注定是你的人。你想怎么着，就怎么着吧！"

"先说，'西瓜皮'怎么啃。我就要不客气了。"

小娥撒娇作态地说："你先把我抱上床。"

三喜故意问小娥："你说过，不让我抱的。"

小娥说："青天白日，那么多眼睛盯着看笑话，谁敢要你抱？"

三喜问："现在不怕人笑话？"

"现在更深人静，大忙天，没人闹房，你愿咋抱就咋抱个够。"

三喜激情迸发，不等小娥将话说完，便急不可奈地将她抱起。小娥也本能地，两只臂膊紧紧挽住三喜的颈项。

三喜嘴巴，尚未接近小娥脸蛋，忽然小娥用手一挡："甭急着啃。"边说，边歪过脖子，"呼"地一下吹熄油灯。

三喜调皮道："我没夜眼，又黑灯瞎火，啥也看不见。"

"你就瞎来吧。没夜眼更好。"

"小心伤掉你的鼻子。"

"只要你舍得,我就不怕。"

"……"

三朝过后。

三喜、小娥两口子,来了个象征性"回门"。重新跪拜了两位老人。两位老人笑得合不拢嘴。

第二天大早,三喜就要偕同小娥动身回"西门"。小娥爹妈忙着给小两口准备行装起程。小娥爹备好大青骡子,装满一驮新麦。又备一匹枣红大马,驮着为小娥陪嫁的简单行装。小娥骑马,三喜牵马。另外,小娥爹又打发一名得力伙计送行。

不一时,一行三人路过寨里,到小娥姨家。姨夫姨姨早已听说,喜盈盈地出门相迎。

三喜、小娥进院。三喜走到王东才面前,"扑通"一下跪在地上叩头。"姨夫、姨姨,实在对不起。愚侄三喜少年鲁莽,在你家干活,可没少添乱。你们大人大量,原谅愚侄莽撞无知,我特给二老赔礼。"

王东才见状,慌忙拉起三喜,"孩子,过去的事不提。真正说,该向你道谢的是我和小娥爹妈。"

三喜、小娥二人听了,都是一头雾水——不明白姨夫话的意思。

东才说:"你想,你若不给我家频频添乱,一味地锋芒不露，木讷寡语，别说没人了解你，就连小娥，也挖不出你这个宝贝人才。"

东才又说："三喜的工钱，不用细算了，你村的伙伴们，雇了一头大骡子，我又给你多加二斗新麦，让稍驮回去了。"三喜听着，感激不已。

三喜两口，尚有七八十里路程，东才夫妇不便多留。又装了一袋花生，搭在马鞍后。

小娥特意向王东才家要了几炷香，拿到奶奶庙点着，拉着三喜一齐磕头。三喜不知就里，小娥说："她才是我们的大媒人呢！"三喜如梦初醒。

一行三人，一马一骡，沿着黄河西行。日头偏西，来到平、垣交界的五福涧村。人马稍事小憩，便起程穿山涉涧。申牌时分，顺利到达七泉村。

后记

桃李不言　下自成蹊

　　春节前夕,丹平师弟从太原打来电话,说在征得陈老师同意后,欲将其平日所写的一部分回忆录、故乡轶事和碑记文稿整理结集并付梓,要我为此写点文字。这让我在窃喜之余又有些茫然和惶恐,一时竟不知从哪写起。

　　回想起来,40多年来,陈老师于我可谓亦师亦长亦友,这使我得以循份承教面聆謦欬,春温秋肃默化潜移之下,他给了我许多的教诲和帮助,这不仅让我终身受益,更令我没齿难忘。

　　1971年春天,在至今都让我感到莫名其妙的批林批孔浪潮声中,我们走进了祁家河高中的校园。两年时间,陈老师一直担任我们的班主任并代语文课。那是一个人妖颠倒、黑白不分的年代,文化教育战线可谓是黄钟毁弃,瓦釜雷鸣。知识分子被称为"臭老九",几遭灭顶之灾——陈老师即因此而失去了他敬爱的父亲。学校的老师们大多处于欲教不能、欲罢不忍的环境和心理矛盾状态,加之教材缺乏系统,课程管理和实施也显得极不规范。但多少年来我虽然一直遗憾于自己学生时代的短促和多舛，却同时又觉得那两年的高中生活，实在是我在那个不幸的年代里所遇到的最值得庆幸的事情。因为在那里我遇到了几位很好的老师，尤其是陈老师。

当时报纸和大批判文章充斥着我们的语文教材和课堂，连篇累牍地在批判着什么"天才论"、"人性论"和"先验论"。这常常让我们感到似懂非懂，索然无味。可是不久我们便发现，但凡是陈老师的语文课，却似乎总能从这些类似于大喊大叫的批判文章中挖掘出让我们感兴趣的历史和文学典故，也总是抓住文章中的字词、句式和语法修辞等语文基础知识不放，并借着写大批判文章对我们进行作文训练，使语文的工具性和人文性有效结合，把我们的语文课上得精彩而生动。比如他借着学习报纸上发表的毛主席《给江青同志的一封信》时，就借着其中诸多的历史人物和文学典故大做文章，一连上了好几节课，让我们听得津津有味，如痴如迷。于是，我们不仅弄懂了"峣峣者易折，皎皎者易污，盛名之下，其实难副"、"阳春白雪"、"下里巴人"和"竹林七贤"等典故的含意，同时还领略了嵇康、刘伶和阮籍等东晋名士和善于"捉鬼"的钟馗等人物形象的风度。也第一次知道了武汉为什么可以称作是"白云黄鹤"。

好像就是从这篇文章开始，陈老师一扫最初上课时的拘谨和抑郁气息，大有一发而不可收之势。于是在此后的两年时间里,他以其隽秀的仿宋字体,昼夜加班刻写蜡版,陆续为我们选编了多达数十篇的古、现代美文和名家名篇:诸如郭沫若的《鲁迅诗稿序》,鲁迅先生的《药》、《论费尔泼赖应该缓行》,《为了忘却的纪念》和《阿Q正传》。贺敬之的《延安颂》,杨朔的《海市》和《桂林山水》,苏洵的《六国论》和柳宗元的《敌戒》,还有《三国演义》中的"赤壁之战"和《水浒》中的"鲁提辖拳打镇关西"等章节均在选编之中。此外他还把《智取威虎山》的剧本也纳入了课堂教学。通过这些有效地弥补了当时所使用的语文教材的不足,使那个时代处于文学饥饿状态中的我们领略到了这些大师和名家的风采,感受到了这些篇目中所蕴含的真善美和假恶丑。使我们在享受文学之美的同时,文学素养和兴趣也得到很大程度的提高。直到现在,像《鲁迅诗稿序》、《六国论》、《敌戒》及鲁迅的一些七绝诗等短篇,我仍然能背诵下来。因为按照当时陈老师的要求,那可是要背诵过关的。虽然他平时文人情怀,性格恬淡,在班级管理和课余时间很是民主随和,绝无师道尊严的气息。但在教学尤其是读书、写字和作文上却总是一丝不苟,有时要求得近乎苛刻。这常常让我们在课堂上对他有点"怵"的感觉。

他为此付出的艰辛是可想而知的。因为在夜深人静之际,我们常常看见他的办公室——校园北角高台阶上

211

左数第三间小屋的灯光是亮着的，我们知道那是他正在为我们的课程忙碌着。许多年后我在县教研室工作，每当因全县的中高考成绩而感到焦头烂额的时候，常会想起当年陈老师，并由此产生许多的不解：在当时那个弥散着"白卷英雄"，"读书无用论"的时代，师生是既没有升学压力也没有考试负担的，不仅没有人要求他这么做，相反地，他的这些做法一不小心还可能招来"白专道路"或"智育第一"的罪名。可他当时对教学为什么会有那样的执著呢？其目的和动机是什么？动力又是从何而来的呢？一个读书人的爱好和习惯肯定是其中的原因，但却远远不够。因为依他的文学功底和实力，即使不愿意去迎合时局，就凭着个人爱好而独自遨游于文学的海洋，也是一件很惬意的事情啊。可他却在苦心孤诣地为我们的功课忙碌着。我以为其中最根本的原因，还是一个为人师者在道德、良知和责任煎熬下的本能反应。不知道陈老师是否同意我的说法。

记得有一次写一个议论题目的作文（题目记不清了），陈老师给过我这样的一个评语："主题明确，结构合理，但文中词语堆砌给人以屋上架屋之感。"所以，这里我不敢拔高，否则陈老师怕是又要说我是在"屋上架屋"了。

补充教材的篇目，大多是恢复高考之后的统编教材所长期选用的，这足以证明陈老师的专业水准。但在当时仅凭专业水准是远远不够的，还必须具备一定的智慧和胆略，否则无异于引火烧身。在这一点上陈老师显然是明白的，因为他所选篇目的作者，大多是受当时政治高层或权威刊物所肯定的现代作家（如郭沫若，鲁迅等）和与现实无碍的古代大家（如苏洵、柳宗元等）。但即使这样，也不是没有潜在危险的。比如《桂林山水》和《海市》虽然自成散文一家之体，文章内容也与时局无涉，但作者杨朔却早在1968年就因为不堪忍受造反派的批斗而"畏罪自杀"了。在那个年代，依陈老师的家庭背景，显然是极有可能惹上麻烦的。后来我想，这或许能说是当时他在选篇时的一个疏忽。但对鲁迅作品的偏爱而大量地选择并精讲，则显然是有意而为之的。我以为，这是他在经历失父之痛后，长期压抑着的思想感情的真实表达和流露。这不仅是一个儿子的倾诉，也是一种文化的倾诉。他需要这种倾诉——即使这种倾诉可能招致风险。为此，我不仅理解他的心情，而且佩服他的胆略和勇气。

我永远都忘不了陈老师43年前讲的鲁迅先生《为了忘却的纪念》那节课。当他以我们所熟悉的步伐登上讲台后，一改往日幽默诙谐的语态，在简单介绍了课文的作者和背景并疏通字词后，便用沉重缓慢的语气和凝重的神色开始了范读，从一开始就完全抓住了我们的注意力。同学们全都屏吸静气地听着，课堂一时间静得没有一点杂音，只能听见他那低沉的声调。一篇课文，数度哽咽，当读到最后那"夜正长，路也正长，我不如忘却，不说的好罢"一句时，他已是泪如雨下，泣不成声了。读完后他一句话也没有说就轻轻地合上课本和备课夹板提前离开了教室。这个课间，全班同学依然静静地坐在位置上，完全沉浸在了课堂的气氛之中。在此后的课堂上，陈老师也没有多讲，只是反复地强调让同学们多读。但我敢说对于那篇课文，全班同学都懂了，特别是对课文所表达的社会背景和思想感情，更是领会得淋漓尽致。在后来很长一段时间里，教室里偶尔有一个同学开始读这篇课文，就会有同学受到感染而齐声附和，很多同学也正是因这一篇文章而喜欢上鲁迅先生的作品的。在我后来的上学和工作中，听过的课不可胜数，但有这种课堂氛围和效果，能如此给人以心灵震撼和感官享受的课，似乎就再也没有出现过。所以，我一直认为，这只能是在那个特殊时代和人物背景下才能发生的情景，也许就是美学原理中所说的"灾难美"罢！

前些年，陈老师乔迁至县城夏县中学旁边的文亭居，每年春夏季节他和师母都会住在那里。这使得我能不时地去拜访和讨教，我也因此有幸成为书中的大部分文章的第一个读者。感觉在历尽世事沧桑进入古稀之年后，陈老师的心态犹如江河入海般的平静。他常常给我谈起父亲母亲以及许多故乡轶事。在《往事如烟》一文中,对当年的父殇之痛的叙述也显得冷静且理性,语言也极其恬淡和朴实,但却歌泣有端字字真,应该是完整地表达了他对父亲的思想感情的。对此我想说的一句话是:他终于能写出来了!这得感谢社会的进步和历史的公正。

不啻在学习上,在我的人生道路中,是多方面得惠于陈老师的。记得高中毕业前夕,政策首次允许应届高中毕业生应征入伍,对此我充满了幻想。于是就像没头苍蝇似的四处奔走寻找门路,竟连上课也不顾了。为此陈老师单独把我叫到他的房间,什么话也没说,只是用铅笔在纸上写了两个字:"徒劳"。然后用平静的语气说:"一凡,你解释一下这两个字的意思。"我立马知道了他的用意,但心里却还觉着有点来气。接着他细声慢语地分析了我的情况,又语重心长地告诉我他已经听到的消息,说是随着邓小平的复出大中专院校就要陆续恢复招生了,要我把心收回到学习中来。于是我得以在当年 3 月顺利通过考试升入运师,现在想来他的话的确是起了关键作用的。入学后按分数被分在了数理班,但我因更喜欢文史而不安心并试图转班,甚至有过放弃重考的念头。他从我写给他的信中得知后,便立刻给我回信,劝导我要服从分配,并说运师的专业性不是很强,在学习数理的同时,也可以继续我的文学爱好,才又使我能安心学习到毕业。高考制度恢

215

复后,1978年得知我想再次参加高考后，他和张法安老师又极力鼓动我参加考试。虽然后来录取后因为种种原因而放弃,但作为老师,其传道、授业、解惑之切切心情,却是我能够深切感受到的。

前排：
  范有山(左一)　蔡海莲(左三)　马冬梅(左四)
  祁燕军(左五)　马汉萍(左六,书法家、夏县副县长,匾文书写者)
  马长泰(左九,运城市建材局局长)　杨一凡(左十,本文作者)
后排左起：
  杨西水　张文科　文东青　杨文科　文占全　文立全
  杨江才　弟正社　文山光　祁召亮　祁方治　文东旭

多年来每当同学相聚，都总是会情不自禁地谈到当年那段学习生活和师生之情，为表达内心对陈老师的敬仰和感激之情,我们曾在2005年趁他七十寿诞之际给他送去一块牌匾，因为大家知道陈老师一生崇尚"认真做事，低调做人"的原则，为人处世极不喜张扬，便在之前与他沟通，他先是不同意，后来他出于师生感情考虑虽然答应，却再三嘱咐一定要朴实低调。所以在牌匾用字上，同学们几经斟酌，才敲定用"桃李不言 下自成蹊"的缩句："桃李成蹊"。我认为以陈老师的性情、学识和修为，是当得起这四个字的。所以这次就依然以牌匾用词为题，拉拉撒撒地写了以上，但愿他能够认可。

不过，此时我最关心的还是书。听丹平师弟说，对这次他的文字成书，他依然严守低调的原则，印数很少，只作家庭留存和小范围内馈赠所用。所以此时我最渴望的就是能得到一本作为珍藏。因为对于我来说，它不但是一本书，还是一段难忘的记忆和一份浓浓的感情。

杨一凡

甲午正月初七凌晨

图书在版编目(CIP)数据

耆旧拾遗 / 陈习文著.——太原：山西人民出版社，

2014.5

　　ISBN 978-7-203-08534-8

　　Ⅰ.①耆… Ⅱ.①陈… Ⅲ.①回忆录—中国—当代

Ⅳ.①I251

　　中国版本图书馆 CIP 数据核字(2014)第 080201 号

耆旧拾遗

著　　　者：陈习文
责任编辑：高美然
装帧设计：叶　正　赵晓琳
出 版 者：山西出版传媒集团·山西人民出版社
地　　址：太原市建设南路 21 号
邮　　编：030012
发行营销：0351-4922220　4955996　4956039
　　　　　0351-4922127(传真)　　　4956038(邮购)
E-mail　：sxskcb@163.com　发行部
　　　　　sxskcb@126.com　总编室
网　　址：www.sxskcb.com
经 销 者：山西出版传媒集团·山西人民出版社
承 印 者：山西省煤炭地质制图印务中心
开　　本：787mm×1092mm　　　1/16
印　　张：14.75
字　　数：150 千字
印　　数：1—500 册
版　　次：2014 年 5 月　第 1 版
印　　次：2014 年 5 月　第 1 次印刷
书　　号：ISBN 978-7-203-08534-8
定　　价：60.00 元

如有印装质量问题请与本社联系调换